ノエル・スプリングフィールド
ルーク・ヴァルトシュタイン

illustration: necömi

ブラック魔道具師ギルドを追放された

私、王宮魔術師として拾われる

～ホワイトな宮廷で、幸せな新生活を始めます～

ブラック魔道具師ギルドを追放された

私、王宮魔術師として拾われる

～ホワイトな宮廷で、幸せな新生活を始めます～

I

葉月秋水

Illustration：necömi

CONTENTS

The New Magic Life!

――大好きの魔法を信じてる。

プロローグ　突然の解雇通告

「ノエル・スプリングフィールド。役立たずのお前はうちの工房にいらない。クビだ」
目の前が真っ白になった。
なんとかしないといけないのに、
だけど何も言葉が出てこない。
どうしてこんなことになってしまったのだろう。
明らかな人員不足の中、必死で働いてきた。
今日で何連勤してるのか、三桁を超えてからはもう数えていない。
気が遠くなる量の残業と、まったく支払われない残業代。
最低水準の給与。
次々と身体を壊し辞めていく死んだ目の同僚たち。
それでも耐えていたのは、魔法を使える仕事が地方にはほとんどないからだ。
小さい頃から魔法が大好きで、魔法を扱う仕事に就《つ》くのが夢だった。

私にとって、この魔道具師ギルドは絶対に失いたくない大切な職場で。

だから、他の人の二倍、三倍と働いて認めてもらえるようがんばっていたはずなのに……。

「まったく。三年勤めてまだ誰にでも作れる水晶玉しか作れないとは。お前のような出来損ないを雇っているこちらの身にもなってほしいよ」

「難しいものも作れます。やらせてください。私、できますから」

「お前にできるわけがないだろう。そもそも、女にまともな魔道具が作れるわけないいんだから」

吐き捨てるように言うギルド長。

王都では女性が魔法を使って働くのも一般的なことになってきているけど、現実として地方は違う。

特に私が暮らす西部地域は、そういった昔ながらの考えが強く根付いた地域だった。

「王都の名門魔術学院を卒業したなんて大嘘までついて。恥ずかしい」

「嘘じゃないです。本当に——」

「まだ言うか。無能のくせに口だけは一人前だな」

嗜虐《しぎゃく》的な笑みを浮かべてギルド長は言った。

「お前、才能ないよ。魔法はあきらめて、他の仕事を探せ」

「生きるって大変だなぁ……」

工房を追いだされた数日後、職業斡旋所で私は求人票とにらめっこしてため息をついた。

どんなに悪い条件でも構わない。魔法を使える仕事がしたい。

しかし、就職活動を始めた私が直面したのは厳しい現実だった。

辺境の田舎町で、魔法を扱う仕事はほんのわずか。

一縷《いちる》の望みをかけて面接を受けさせてくださいと頼み込んだ私に、魔法薬師ギルドのおじいさんは申し訳なさそうな顔で言った。

「すまないね。君を雇ったらこの町で働けなくしてやるって町長の息子さんに言われてるから」

町長の息子というのは私をクビにしたギルド長のことだ。

鈍感な私はまったく気づいてなかったのだけど、昔地方の魔術学院に合格できなかったギルド長は、女の身で名門魔術学院を卒業したと言う私のことが最初からとにかく気に入らなかったらしい。

どうりで雑用や簡単な仕事以外させてもらえなかったわけだ、と納得する。

今も私がこの町で魔法関係の仕事に就けないよう、立場を使って圧力をかけてるのだとか。

なんでわざわざそんなことを……。

世知辛《せちがら》い……世知辛いよ世の中……！

行き場のない嘆きを、私は食べることにぶつけることにした。

町の冒険者ギルドに併設された《満腹食堂》。

幾多の大食いたちが集う戦場の暖簾《のれん》をくぐる。

「よく来たな、嬢ちゃん。何にする？」

「満腹定食でお願いします」

「おう、了解」

手際よく調理する店主さん。

周囲のテーブルにいたお客さんが私を見て言う。

「おいおい、死んだだろあの嬢ちゃん」

「あんな子供みたいな身体で満腹定食頼むとか」

誰が子供だ。

私は魔術学院卒業済みの立派な社会人三年生である。

たしかに身長は低めだけど。

子供に見られたくなくて胸はパット四枚重ねで盛ってるけど。

ちくしょう、好き勝手言いやがって。

目に物見せてやる……！

二十分後、一粒残らず完食した私をお客さんたちは呆然と見つめていた。

「嘘、だろ……」

「どんな胃袋してんだよあの嬢ちゃん……」

ふふん、見たか！

学院生時代、運動部で主将を務める男の先輩を倒し、学食大食いバトル最強の座についていた私なのだ。

大食い力に関して言えば、誰にも負けない自信がある。

驚く周囲の反応に、少し気持ちが軽くなったそのときだった。

後ろから聞こえてきたのはくすくすという笑い声。

そのやわらかい響きを私は知っていた。

「相変わらずだね、君」

なつかしいその声。

振り向く。

頬がゆるむのを抑えきれなかった。

「ルーク……！」

「久しぶり、ノエル」

ルーク・ヴァルトシュタイン。

学院生時代、いつも一緒にいた親友がそこにいた。

第1章　再会した親友と意外なお願い

ルークと出会ったのは九年前。

私が六年制の魔術学院に入学した、その入学式でのことだった。

「我々は歴史と伝統あるこの学院に入学を許された者として――」

首席合格者。そして入学生代表として壇上に立ったルークはしっかりしていて、同じ十二歳とは思えなかった。

ヴァルトシュタイン公爵家の長男で、非の打ち所のない完璧な優等生。

平民出身の私とはまず交わることがない人だろう。

だけど、入学して最初の定期試験後、そんな私の予想は意外な形で裏切られることになる。

「とんでもないことをしてくれたな、お前……！　平民風情が、この僕に勝つなんて……！」

私を校舎裏に呼びだした彼は、いつもとはまったくの別人だった。

負けず嫌いで性格最悪。

プライドの高い仮面優等生。

それが本当の彼だったのだ。

対して、当時の私は致命的なまでに世間知らずだった。

「誰が平民風情よ！　私はお母さんが女手ひとつで一生懸命働いてくれてこの学校に通えているの！　そのことを誇りに思っているし、公爵家だろうがなんだろうが知ったことじゃない！　あんたなんか百回でも千回でもボコボコにしてやるわ！」

私は彼をボコボコにするために全力で勉強に励《はげ》んだ。

元々魔法は大好きで、そうでなくても一日中勉強ばかりしていたのだけど、もっと気合いを入れて勉強するようになった。

ルーク・ヴァルトシュタインは強敵だった。

テストのたびに続く一進一退の攻防。

ほんと、えらぶった貴族の大嫌いな男子……！

そんな私たちの関係が変わり始めたのは、三年生になった辺りのことだ。

「ごめん、あんたにだけは絶対に聞きたくないと思ってたけどどうしてもわからないところがあって」

私の質問に、ルークは面倒そうにしながらも丁寧に教えてくれた。

「一度で理解しろって言っただろ。これで五回目だぞ」

そのとき気づいたのは、彼も魔法が大好きであること。

そして、頼られると断れないお人好しで世話焼きな部分があること。

なんだ、意外と悪いやつじゃないじゃん。

魔法という共通の好きなものがあったこともあって、私たちはそれからあっという間に仲良くなった。

図書館で一緒に毎日勉強して、テストのたびに全力をぶつけ合って。

今思えばきっと、あれが青春だったのだろう。

卒業して、私は体調を崩したお母さんの看病をするために地元に帰って。

彼は難しい試験を首席で突破して、王宮魔術師になったと聞いている。

約三年ぶりに会う彼は、なんだか随分と立派になったように見えた。

「大人になったねえ、ルーク。昔はあんな性格悪いクソガキだったのに」

「何目線だよ」

あきれたみたいな目で言うその仕草がなつかしい。

「まあ、僕もたくさん負けて大人になったってことかな」

「そっかぁ。ルークも苦労してるんだね。そりゃそうだよね、王宮魔術師なんてすごい人ばかりだし」

「いや、卒業してからは一度も負けてないけど」

「負けず嫌いは相変わらず？」

「嘘じゃない。事実」

不服そうに言うルーク。

そういうとこ変わんないなぁ、とうれしくなる私に、ルークは真剣な顔で言った。

「それで、お母さんの具合は？」

「あー、お母さんは……」

目を伏せる。

「まさか」

ルークの言葉に、私は「いや、そうじゃなくて」と手を振ってから言った。

「逆に、ひくくらい元気だよ。一度死にかけたことでスーパー孫見たいモードになってて毎日のようにお見合い話を持ってきて困ってるけど」

恋愛とか結婚よりも今は魔法をがんばりたい私だけど、お母さんの望みはそれとは違う様子。

「仕事うまくいってないんでしょ。結婚しなさい、結婚」って毎日のように言ってきて、家の中でも気が休まらない私だった。

田舎ではみんな十五歳とかで結婚してるから、完全に行き遅れの部類なんだよね、私……。

もっとも、魔法に触れていられるだけでしあわせなので、そのことに不満があるわけでもないのだけど。

「……実現可能な最速のタイミングで来て本当によかった」

「ん？　なんか言った？」

「なんでもない」

首を振ってから言うルーク。

「ところで、歴代最年少で聖金《アダマンタイト》級魔術師まで昇格した天才がいるって話を知ってる？」

「あー、忙しすぎて何もできてなかったからうっすらとだけど。王都で話題になってるって噂は聞いたかな」

「よかった。それなら話は早い」

ルークはうなずいてから続ける。

「その天才、僕なんだけどさ」

「ルーク、見栄を張りたい気持ちはわかるけど後々苦しくなるからやめた方が良いと思うよ」

「………………」

ルークは冷たい目で私を見た。

懐から懐中時計を取り出してテーブルに置く。

「なにこれ？」

「王宮魔術師である証として渡される金時計。聖金《アダマンタイト》があしらわれてるでしょ。裏に彫《ほ》られた名前読んで」

「ルーク・ヴァルトシュタイン――ってまさか」

「そんなくだらない嘘、つかないから」

簡単に言うルークに、私は戸惑う。

「……そっか。そうなんだ」

王都で話題の王宮魔術師が、かつての親友だった。

多分おめでとうってお祝いしないといけない状況で。

だけど、うまく笑えない私がいる。

「すごいね。おめでとう」

「何かあった？」

「え？」

「そういう顔してる。ノエルはわかりやすいから」

ルークは真剣な目で私を見て言った。

「聞かせて」

そんなことないよって取り繕《つくろ》おうとして。

だけど、何も言葉が出てこない。

テーブルの木目を見つめる。

心が軋む音。

嘘をつくと、もっとつらくなるのが先にわかってしまって。

観念して、私は全部話すことにした。

「実は仕事がうまくいってなくて」

雑用や誰にでもできる仕事ばかり毎日休みなくさせられていたこと。

役立たず扱いされてその仕事もクビになってしまったこと。

魔法を使える仕事がしたくて、だけど町で働かせてもらえるところはどこにもないこと。

「つい比べちゃって、心からお祝いできなくて。ごめんね、私ダメなやつだ」

「いいよ。その状況ならそれが普通だって。そもそもノエルにその扱いって、あまりの見る目のなさに驚きを通り越して殺意すらわくんだけど」

「ありがと。かばってくれて」

「かばってない。心から思った本音を言ってる」

ルークは言う。

「ただ、今回ばかりはその見る目のなさに感謝かな」

「感謝？」

「聖金級《アダマンタイト》になると、部下を一人相棒《バディ》として指名できるんだ。だけど、選びたいと思える相手がいなくてさ。みんな背中を預《あず》けるにはどうも頼りない。僕は最速でこの国一番の魔法使いになろうと思ってるから」

「相変わらず自信家だね、ほんと」

すごい相手と競ってたんだな、と今さらながら気づかされる。

「それで、どうせならこれまでの人生で僕が唯一勝てなかった相手を相棒《バディ》として指名したいと思って」

「そんな人いるんだ。ルークが勝てないなんて」

「うん、君」

「え」

驚く私に、ルークは言った。

「この国で一番の魔法使いになるために、僕が勝てなかった君の力を貸してほしいと思ってる」


予想外すぎる誘い。

呆然とする私に、ルークは細かい条件を説明してくれた。

「給与は大体これくらいになるかな」

「こ、こんなにもらえるの」

「完全週休二日制。有休は年間三十日で」

「え？　有休って都市伝説じゃ……」

「あと、王宮にある大図書館が自由に使える」

「使えるの!?」

その言葉が私にもたらした衝撃は大きかった。

極一部の限られた人しか入ることができない王宮の大図書館は、魔法を愛する者みんなの憧れ。

古《いにしえ》の大賢者が残した魔導書や、死海で発見された予言書など、一般に流通させられないすごい本がたくさん所蔵されていると聞いている。

私には一生手の届かないところだと思っていたのに！

「どうかな。悪い条件じゃないと思うけど」

「う、うん。良すぎて信じられないくらい」

まるで夢みたいで全然実感が湧《わ》かない。

だけど、何よりも私の心をあたたかくしてくれたのは、必要とされるよろこびだった。

『お前なんていらねえんだよ。役立たず』

『申し訳ありませんが、今回貴方の採用は見送りたいと思っています』

『すまないね。君を採用すると町長の息子さんに怒られてしまうから』

どこに行っても必要とされなくて。

魔法使いとしての私には価値がないのかなって落ち込んで。

売れ残りの犬みたいに、膝を抱えていた私を選んでくれた。

それがどんなにうれしいことだったか。

きっとルークは気づいてないと思う。

「誘《さそ》ってくれて本当にありがとう。私にできることなら、何だってやる。何でも言って」

「いつも通りやってくれたらそれでいいよ。背中を預けられるのは君くらいだから」

とはいえ、王宮魔術師として働くなら、必然的に王都に移り住むことになる。

引っ越したいと伝えた私に、母は当初反対したけれど、挨拶《あいさつ》に来たルークを見るなりすぐに態度を変えた。

「本当に王宮魔術師の方……？　え、最年少で昇格したって話題の」

しばし呆然とルークを見てから、

「ちょっと、ノエル」

と私を呼ぶ。

「なに？　お母さん」

「あなた、あの方とどういう関係なの」

「学院生時代の友達だけど」

「よくやったわ！　大チャンスじゃない！」

お母さんは、ルークに聞こえないよう小声で語気を強める。

「あの方と結婚すれば玉の輿《こし》！　将来安泰！　人生ハッピーエンドよ！」

「いや、無理だって。ルークは公爵家の人だよ。平民の私と結婚できる立場じゃないし」

「愛の力の前にはそんなの些細なことよ」

「いや、そもそもただの友達だから」

ずっと一緒にいたけど、思えばそういうのはまったく考えたことがなかった。

外面は王子様みたいな爽やか優等生だったこともあって、昔からルークは女子たちからきゃーきゃー言われてたっけ。

でも、その割には誰とも付き合ったりしなかったんだよな。

誰か好きな人でもいたんだろうか？

「いいわね……！　絶対にものにしなさいよ……！」

面倒なので適当に返事をしておいた。

ルークとそういう関係になるなんて、絶対にありえない話だと思うけど。

今は好きなことで食べていけるよう魔法をがんばりたいし。

とはいえ、母は王都への引っ越しを認めてくれたからその意味では好都合だった。

ルークが手配してくれた馬車で、母と一緒に王都へ引っ越しをした。

公爵家所有の豪奢《ごうしゃ》な馬車に、町の人たちは呆然としていて。

「娘が公爵家のご子息とお友達で。声をかけられて王宮魔術師になるんです。うふふ、全然大したことじゃないんですけど」

自慢しまくるお母さんをあきれ顔で見つめる。

町の人たちのびっくりした顔はなかなか気持ちよかったけどね。

ギルド長さんなんて、口をぽかんと開けて立ち尽くしてたし。

それから、ルークが紹介してくれた王都の貸家に移り住んで数日。

遂に、王宮魔術師として初出勤の日がやってくる。

「良い？　彼を絶対にものにしてきなさい。押してダメなら押し倒せ！　恋は戦争よ！」

「いや、だからそういうのじゃないから」

聞き流しつつ家を出る。

二十分ほど歩いて見えてきた大王宮。

そのあまりの壮麗さに私は言葉を失うことになった。

街ひとつを柵で囲ったかのような広大な庭園。一面に広がる芝生はみずみずしく光を反射し、湖のような噴水の中心では黄金の女神像が踊っている。

と、とんでもないところに来てしまったかもしれない……。

本当に私、ここで働いていいんだろうか。

「あの、信じられないと思うんですけど、一応ここで働くことになってるみたいで。あ、間違いだったら全然大丈夫なんですけど」

予防線を張りながら、警備の騎士さんに声をかける。

「何か証明できるものはお持ちですか？」

「この手紙を見せるように言われたんですけど」

「……なるほど。あなたが噂の」

騎士さんは瞳を揺らして言う。

「入って右手に王宮魔術師団の演習場があります。そこでマリウス様とルーク様がお待ちです」

「あ、ありがとうございます」

入れてしまった。

落ち着かないふわふわした気持ちで、教えられた場所へ向かう。

最新鋭の設備が並ぶ演習場で、待っていたのはルークと白髪の男性だった。

「ふむ。この者が」

年齢は五十歳くらいだろうか。

ローブを着た白髪の男性は、私を値踏みするような目で見つめる。

「おはようございます！　よろしくお願いします！」

職場の先輩と良い関係を築くには、元気な挨拶から。

そう思って頭を下げたのだけど、

「…………」

白髪の男性は冷たい目で私を見つめるだけ。

あれ？　なんかすべったっぽい？

戸惑う私に、くすくすと笑ってからルークは言う。

「おはよう。この人は人事部の長を務めるマリウスさん。口うるさい人なんだけど、君を呼んだことが気に入らないみたいで」

「当然でしょう。聖金《アダマンタイト》級魔術師の権限として認められていることとは言え、何の実績もない部外者を連れてくるなんて前代未聞。まして、いきなり相棒《バディ》に選ぶなんて考えられない話です」

マリウスさんは落ち着いた口調で言う。

「納得できるだけの実力を示してもらわなければ、貴方を迎え入れるわけにはいきません」

え？　どういうこと？

私は少しの間硬直してから、ルークに言った。

「もしかして、ここで結果を出さないと私、王宮魔術師になれない？」

「そういう話みたい。まあ、君なら大丈夫でしょ？」

「大丈夫じゃないよ!?　先に言っといてよ！」

試験とかなく入れるって話だったじゃん！

完全に油断してたってば！

焦る私に、ルークは口元をおさえて笑ってから言う。

「試験内容は、『魔法技能測定』。そこに大きな壁があるでしょ。あれは測定球と同じ素材で作られていて、術者の魔法使いとしての実力を測《はか》ることができる。あの壁に穴を開けられたら合格。簡単でしょ？」

「いやいや、ものすごく大変だと思うけど」

遠目で見ただけでも、その巨壁が絶望的に思える硬度をしているのがわかった。

あれに穴を開けるなんて、よっぽど優秀な魔法使いじゃないと……。

「王宮魔術師になるなら、それくらいできないとダメじゃない？」

「……そうだね」

納得する。

王宮魔術師になれるのは、王国の魔法使いでほんの一握り。

天才と呼ばれるような人たちが目一杯努力して、それでようやくたどり着けるところなんだ。

壁は高くて当然。

辺境の町で誰にも必要とされなかった私が突破するのは本当に難しいことかもしれない。

『役立たずのお前にできるわけが――』

だけど、私は不安を振り払う。

《多重詠唱》《マルチキャスト》を使い、《魔力増幅》《エンハンスト》、《魔力強化》《マナブースト》で自身の魔力を最大化。

《固有時間加速》《スペルブースト》、《魔力自動回復》《マナチャージ》を二重にかけてから、心を研ぎ澄ませ、魔法式を組み上げる。

できないという人もいるかもしれない。

ううん、きっとそう思う人の方が多いだろう。

でも、私は信じたい。

自分にはできる可能性があるって。
休みもなくて、自分の時間も全然なくて。
それでも、寝る時間を削って魔法の勉強は続けてた。
私は魔法が大好きで。
その好きの力は誰にも奪えなかったんだ。
たくさんたくさん積み上げた。
その時間を私は信じたい。
無駄じゃなかったって。
そこにはちゃんと意味があったんだ、って。
きっと——きっと、できる。
迷いはなかった。
心は澄み切っている。
——行け。私の大好き。

《烈風砲《ウインドブラスト》》

瞬間、炸裂したのは圧縮された風の大砲。

視界が揺れる。
振動する大地。
地鳴りのような轟音。
全身を殴りつける強い風。
思わず目を閉じて、それから怖くなる。
ミスはなかったと思う。
自分の力は間違いなく出せたはずだ。
だからこそ、怖い。
もし届いてなかったら、って。

神様お願い、どうか——

恐る恐る目を開ける。
そこにあったのは濃霧のような粉塵。
壁を覆うそれは空気の流れの中を漂っている。
風にさらわれて少しずつ薄くなって、そして——
祈るような思いで見つめた視線の先、

壁には穴が開いていて、その先にある演習場の設備が覗《のぞ》いていた。

「やった……！」

私、やったんだ……！

全身でよろこびを嚙みしめる私の耳に届いたのは、くすくすという聞き慣れた笑い声。

「まさか本当に壊しちゃうなんて」

む。

ルークのやつ、信じてなかったんだろうか。

『君なら大丈夫でしょ？』とか言っときながらそれってひどくないかな、ねえ。

信頼されてるって実はちょっとうれしかったのに。

「ふーん。ほんとはできないと思ってたんだ」

「ごめんごめん。でも、王宮魔術師でも大半が傷ひとつつけられない壁に穴を開けるとは思わなかったからさ」

「え」

まさか、と思いつつマリウスさんに視線をやる。

呆然と壁を見つめるその姿に、私はいろいろと察することになった。

「もしかして、壊さなくても合格できた？」

「うん。能力を数値として測るための設備だし、ちゃんと合格ラインとかあったんだよ。君は壊しちゃったけど」

「そ、それって結構大変なことをしてしまったのでは」

「少なくとも一週間はこの話題で持ちきりだろうね。王子殿下にも名前を覚えられるんじゃないかな。おめでとう、今日から君も有名人だ」

にっこり微笑むルークに私は頭を抱える。

お、王子殿下に名前を覚えられるって……。

本当に、とんでもないことをしてしまったのかもしれない。

「私、ルークのそういうとこ本当に嫌い」

「僕は君のそういうとこ面白くて好きだけど」

ルークはいたずらっぽく笑って言う。

「まあ、この僕が唯一勝てなかった君なんだから、これくらいのことはしてもらわないと。相棒《バディ》としてこれからよろしくね、ノエル」

集まってきた王宮魔術師さんたちのざわめきを聞きながら、私は頭を抱えたのだった。

◆　◆　◆

「あの嘘つき女、王宮魔術師になるって本当ですかね？」

王国西部の田舎町にある魔道具師ギルド。

仕事を終えたギルド長は、副ギルド長と共に自宅で酒を愉《たの》しんでいた。

仕事を早めに切り上げ、売上で買った高い酒を飲むのは二人にとって日常的な出来事だった。

現場の魔道具師たちに真夜中まで働かせ、自分たちは早めに仕事を終え優雅な時間を過ごす。

これこそ効率化であり、上に立つ者の権利だとギルド長は考えている。

「本当なわけないだろう。三年勤めて雑用と簡単な水晶玉作りしかできなかった女だぞ。そもそも、女が魔法を使って仕事しようとしてる時点で世間を舐《な》めているとしか言いようがない」

「仰《おつしや》るとおりです、ギルド長。何もわかっていない」

副ギルド長はうなずいてから言う。

「しかし、だとするとあの馬車は何だったのでしょう？」

「良い馬車を借りるだけなら貧乏人でもできる。意趣返しに見栄を張ろうとしたのだろう」

「なるほど。さすがのご慧眼《けいがん》です。そういうことですか」

「その実はただの無能な役立たず。この町で働けるところがなく、出て行くしかなかっただけなのにな」

「『現場は限界です』と泣き言ばかり言っていましたからね。自分が《回復魔法《ヒール》》と《固有時間加速《スペルブースト》》でなんとか仕事を回しているなんて嘘ばかり並べて」

「無理というのは嘘つきの言葉だからな。魔道具師どもは手綱《たづな》をゆるめるとすぐにつけあがる。重要なのは厳しく躾《しつ》けることだ。有無を言わさずできるまでやらせ、できて当然だと考えるようになるまで教育する」

「素晴らしい方針です、ギルド長。その結果、今月度の売上は過去最高を記録。西部地域でも営業利益はトップになりました。来月からはうちの水晶玉を気に入っていただいた侯爵家との取引も始まりますからね。これからもっと忙しくなりますよ。人員の補充はなさいますか？」

「問題ない。役立たずの女が一人抜けただけだろう。現場は問題なく回る。できなければできるまでやらせるだけだ。コストを抑え、利益を最大化するのは経営の基本だからな」

「まったくもってその通りです」

笑みをかわし合い、庶民には到底手が届かない高級酒を愉しむ二人。

自分たちを人生の勝者と信じて疑わない彼らは、しかし気づいていなかった。

解雇した下っ端魔道具師の言葉が、すべて真実だったこと。

役立たずと切り捨てた彼女が、同僚を魔法で支援しながら膨大な量の仕事をこなし、ギリギリで現場を支えていたこと。

他の魔道具師ギルドに比べ、異常に高い営業利益率が、すべて彼女の力によって作り上げられたものだったこと。

そして、没落の気配が一歩、また一歩と忍び寄っていることを。

何ひとつ知ることなく、二人は明け方まで酒を酌《く》み交わしていた。

第2章　小さな新人魔法使い

――アーデンフェルド王国。

魔物が住む未開拓地と隣接したこの国は、西方大陸の中でも進んだ魔法技術を持つ国として知られている。

魔法教育機関のレベルは世界でもトップクラス。

生活魔法や下級魔法を使える人の数は、全人口の10パーセント以上、数百万人にも及ぶ。

だけど、仕事として魔法を使える魔法職の魔法使いとなると百人に一人いるかどうか。

中でも、選りすぐりの天才とエリートしか入れない王宮魔術師団は世界有数の狭き門だ。

入団試験の倍率は常に三桁以上。魔法使いなら誰もが憧れる夢の職業。

小さい頃は、私も憧れていた。

初等学校の文集に、『王宮魔術師になる！』って書いたことを覚えている。

遠く遠く見える一等星。

近づいてみたくて、触れてみたくて。

だから、自分の名前が彫られた懐中時計に、私の頬はどうしようもなくゆるんでしまう。

「すごい！　本物！　本物だよ、ルーク！」

「当たり前でしょ。誰も偽物なんて用意しないって」

身分証として渡される懐中時計は王宮魔術師の証だ。

「これ持つのずっと夢だったんだ。ほんとに持てる日が来るなんて」

私には届かないんだと思っていた昔の夢。

それがまさか現実になるなんて……！

白磁があしらわれた時計を大切に胸の中に抱える私に、ルークは言う。

「白磁くらいでそれは喜びすぎじゃない？」

「白磁くらいって。これだから天才様は……」

「才能じゃなくて意識の問題。なれたからってそこで満足しちゃダメでしょ。そこからがほんとの始まりなんだから」

「それはそうかもしれないけど」

王宮魔術師には十の階級がある。

第一位　聖宝級《メイガス》
第二位　聖金級《アダマンタイト》

第三位　聖銀《ミスリル》級
第四位　黄金《ゴールド》級
第五位　白銀《シルバー》級
第六位　蒼銅《ブロンズ》級
第七位　紅玉級
第八位　翠玉級
第九位　黒曜級
第十位　白磁級

より上位の階級になるほど報酬も組織の中での地位も上がっていく。

一番下であることを考えると、たしかにルークの言うことは正しい。

そういう気持ちだったからこそ、彼は誰よりも早く上に行けたのだろう。

「最年少で聖金《アダマンタイト》級魔術師ってほんとすごいよね」

「一番上も取るよ。もちろん記録を作るつもり」

「どこからくるの、その自信」

「自信じゃなくて自負かな。実力的にももう負けてないと思うし」

「そこまで言うんだ……」

王国に七人しかいない聖宝級《メイガス》魔術師。

なれば歴史に名が残る王国魔法界の最高位。

彼は本気でそこにたどり着こうとしている。

改めて、大きくなった親友の姿に恐れおののいていると、当の彼はにっこり微笑んで言った。

「君は僕の相棒《バディ》なんだから。白磁で満足してちゃダメ。わかった？」

そうだった。

恐れ多くも私、聖金《アダマンタイト》級魔術師の相棒を務めることになってしまっているのだ。

「が、がんばります」

「まあ、君なら大丈夫だと思うけどね」

「私は全然大丈夫には思えないけど」

「君より僕の方が君のこと知ってるし」

そんなことを言う。

いや、何もわかってないと思うよ、ルーク。

私は地方の魔道具師ギルドでも通用しなかった、底辺魔法使いなのだ。

そりゃ、勉強と練習だけは人一倍やってたから、それなりに通用する部分もあるとは思うけど。

というか、そう信じたいけど。

「にしても、驚いたな。魔道具師ギルドで働いてたなんて。ノエル、魔力付与って一番苦手じゃなかった？」

「それはもう……ものすっごく苦手だったよ。あれだけは落第まで取ったことあるし……」

「魔力込めすぎてすぐ魔道具を粉微塵にするから、破壊神ってあだ名で先生たちに恐れられてたよね」

「そう呼ばれるのは強そうでむしろうれしかったんだけど」

「うれしかったんだ」

くすりと笑うルーク。

「でも、どうしてそんな苦手なところに？」

「苦手なところの方が魔法使いとして成長できるかなって。一応名門魔術学院出て、意識高い系だったからね、私」

地方でもがんばればきっと認めてもらえるはずだって燃えてたっけ。

少しでも職場に貢献できるようにって改善提案したり、遅れてる仕事を進んで引き受けたり。

ちょっと頭良さそうな専門用語とか使ってたのは今や黒歴史だ。

「しかも、一番苦手な下級魔道具作りしかさせてもらえなくてさ。ちょっとでも気を抜くと壊しちゃうからもう気が気じゃなくて。たくさん練習して、今は結構できるようになったと思うんだけど」

私の言葉に、ルークは口元に手をやって小声で言う。

「なるほどね。それであの魔道具師ギルドは近頃躍進していたわけか」

「ん？　ごめん、よく聞こえなかったんだけど」

「なんでもないよ。ただ、君の魔法の腕が学院生時代より上がってた理由がわかっただけ」

「ほんと？　そう言ってもらえるのはうれしいな」

地味で苦手な作業ばかりずっと繰り返していただけにその言葉はすごく勇気づけられる。

忙しすぎて使わざるを得ない環境だったから、補助魔法と回復魔法は昔よりずっとうまくできるようになったけどね。

しかし、人って変わるものだよなぁ。

出会った頃のルークは皮肉屋で人を褒《ほ》めたり絶対にしなかったのに。

今は認めすぎって感じるくらいに私のことを評価してくれていて。

期待してくれていて。

多分、私が社会にうちのめされて自信をなくしていたというのもあるんだろう。

自信を持たせようと褒めてくれる。

その気遣いが何よりもありがたい。

私も励まされてるばかりじゃダメだよね。

王宮魔術師団なんてすごいところすぎて、全然通用しないかもしれないけれど。

それでも気持ちでは負けないようにしなくちゃ。

昔の無敵で空も飛べそうだった自分を思いだせ。

ルークが王国一の魔法使いになるなら、私もそれに負けないくらい強くならなくちゃ。

がんばれ、私！

気づかれないよう小さく拳を握ったそのときだった。

「おう、探したぜルーク。ってことはそのちっこいのが噂の新人か」

立っていたのは一人の大柄な男性だった。

ルークと同じ制服姿の彼は、聖宝——賢者の石《メイガス》があしらわれた懐中時計を揺らして言った。

「まさか俺以外に入団試験であの壁を壊すやつが出てくるとはね。なぁ、話をしようぜ嬢ちゃん」


一目見ただけでその人が只者じゃないのはわかった。

鍛え抜かれた鋼のような体軀《たいく》に、まるで次元が違う強烈な魔力の気配。

学校で教わった先生たちよりもはるかに格上の、初めて向かい合う超一流の魔法使い。

何より、その人の顔と名前を私は知っている。

ガウェイン・スターク。

王国に七人しかいない聖宝級魔術師《メイガス》の一人であり、王国魔法界における頂点の一角。

炎熱系最強と称され、《業炎の魔術師》の異名を持つ大魔法使い。

有名人だ……！

昔憧れていた大魔法使いさんが目の前に！

「あ、あの！　サインもらっていいですか？」

「ん？　構わねえが、どこに書く？」

しまった！

書いてもらうのにちょうどよさそうなものを何も持っていない。

しばしあわあわしてから私は言う。

「えっと、じゃあ、この制服に」

「やめなさい」

ルークは私の首根っこをつかむ。

「王宮魔術師のローブにサイン書かせるとか前代未聞だよ？　しかも初日に」

「止めないで。ここを逃すともう二度とこんな機会ないかもしれないし」

「ほんと魔法が大好きだよね、君」

あきれた様子で息を吐くルーク。

「この人は僕らの上司だから。嫌でもこれから顔合わせるようになるから」

「ま、マジですか……」

言われてみれば当たり前のことなのだけど、全然実感が湧かないし信じられない。

本当にすごいところに来てしまったかも、私。

「また面白そうなやつを連れてきたじゃねえか、ルーク。外から相棒《バディ》を連れてくるって言った日にはどうしてやろうかと思ったが」

「言ったじゃないですか。僕が昔勝てなかったやつを連れてくるって」

「いや、本当にそのレベルのやつがくるとは思わねえだろ、普通。そんなやつが在野にいるっていうのもよくわからねえし」

「ちょっとアホで抜けてるところがあるやつなんです」

「誰がアホだっ！」

断固抗議せざるを得ない。

頭脳明晰《めいせき》才色兼備知的で大人の色気たっぷりな私をアホ扱いするとは。

「なるほど。仲は良いらしいな」

「そうですね。人を疑う癖のある僕が唯一気を許せる友人です」

真面目な顔でそんなことを言う。

ふ、ふーん。

なんだよ、ちょっと照れるじゃん。

恥ずかしいセリフに頬をかく私を余所に会話は進む。

「で、お前の相棒《バディ》ってことはうちの隊所属になるんだろ」

「そうですね。僕と同じで三番隊所属になります」

「なら、うちにきた新人恒例《こうれい》のあれをやってもいいわけだ」

あれ？

なんのことだろう、と首をかしげる私にルークが言った。

「あの人、見ての通りがさつで大ざっぱな体育会系でね。新人が来ると毎回やるんだよ。《地獄の洗礼》、《血の60秒》と呼ばれてる恒例行事なんだけど」

「なにその全力で聞きたくないやつ」

「ガウェイン隊長と魔法戦闘をして六十秒ノックアウトされずに耐えたら合格。ご褒美がもらえる。まあ、残念ながら合格者はほとんどいないんだけど」

やりとりを聞いていた周囲の王宮魔術師さんたちからざわめきが漏れる。

「おい、ガウェイン隊長、噂の新人に《血の60秒》やるらしいぞ」

「入って初日かよ。絶対トラウマになるぞ」

「容赦ねえ……壁を壊した化物新人とは言え、あんな小せえちびっ子に」

「子供にしか見えないもんな、あれ」

誰が子供だ！

ちびっ子だ！

「調子に乗らないよう完全に鼻を折りにいってるな……」

「折るどころじゃねえって。ガウェインさん相手じゃ跡形もなく消し飛ばされるぞ」

「隊長、おやめください！　さすがに新人を初日から一方的に虐殺するというのは……」

……え？

私これから殺されるんですか？

死ぬんですか？

呆然とする私を、先輩たちが駆け寄ってきて取り囲む。

「大丈夫、新人ちゃん。合格できなくても落ち込まないでいいの。安心して。みんなボコボコにされてるから。十秒耐えた人もほとんどいないから」

「俺なんて三秒持たなかった。それが普通だからな。自信をなくす必要ないからな」

「そうそう。壁を壊せた時点ですごいんだから。どういう結果でも傷つく必要ないよ。落ち込まないようにね」

……全然大丈夫に思えないんですが。

しかも、私は地方の魔道具師ギルドでも通用しなかった身だよ。

聖宝級《メイガス》の超一流魔術師であるガウェインさんと手合わせって……。

これ、本当に死ぬんじゃないかな……。

白目を剝《む》いて立ち尽くす私に、ルークはくすりと笑って言った。

「がんばって。期待してる」

ガウェインさんが連れてきてくれたのは、私が入団試験をしたのとは別の演習場だった。

さすが王国魔法界の中枢だけあって、その設備も学園とは比べものにならないほど充実している。

「うわ、本当にやるのかガウェインさん」

「こりゃ大注目だな。仕事なんてしてる場合じゃねえ」

「十分だけ！　煙草休憩だと思って十分だけ見させてください、先輩！」

演習場の周りにはローブ姿の王宮魔術師さんが集まっている。

さらに、宮廷の貴族さんたちの姿も増えてきて、私は涙目になった。

なんで……。

そんなに見たいのですか、私がボコボコにされるとこ。

こんなに私が追い詰められてるのに、ルークのやつはなんだか愉しそうだし。

ちくしょう、こいつめ……と恨みがましく見つめる。

ふと、気になることが頭に浮かんだ。

「そういえば、さっき合格者はほとんどいないって言ってたけどルークはどうだったの？」

「僕は合格したよ。ご褒美に高いお肉奢《おご》ってもらった」

「さすが天才様……」

昔はすぐ隣で争ってたのに、今はすごすぎてちょっと劣等感。

「そんなに怯《おび》えなくてもいいんじゃない？　魔法戦闘は僕といつもやってたでしょ？」

「それは学院生時代の話だし。卒業してからは一度もしてないから」

「でも、それだけ蓄積はあるってこと。背伸びせず今持ってる力をぶつけてみたらいいんじゃないかな」

ルークはサファイアブルーの瞳を細めて言った。

「大丈夫。君もできるよ」

はっとする。

また弱気になってた。

戦う前から負けることを考えてどうする。

ルークは私を信じてくれている。

だったら、私だって私を信じないと。

できる。

私は――できる。

祈りのような思いを胸に抱えて、私は演習場の中心でガウェインさんと向かい合う。

「準備はいいか？」

問いかけに私はうなずいた。

「行くぜ――」

《地獄の洗礼》が始まる。

《轟炎弾《フレアブラスト》》

速すぎて術式が見えなかった。
展開する魔法陣。
放たれたのは隕石のように巨大な炎の弾丸。
まばたきの間にもう最初の一撃が迫っている。
無詠唱での《多重詠唱《マルチキャスト》》
並の魔法使いではそよ風ひとつ起こせない超高難易度技術。
放たれるのはかすっただけで私を即戦闘不能にする威力の炎熱系魔法。
ギリギリで《魔法障壁《マジックバリア》》を展開する。

「ぐっ」

衝撃を殺しきれず後ろに吹き飛ばされる私。
即座にガウェインさんは追撃の魔法を起動する。
連続で放たれる轟炎の魔法。
補助魔法を使うどころか、考えている時間すらもらえない。
なんとかギリギリで反応し、かろうじて決定打を防ぐのが精一杯。
なのに攻撃が重すぎて、体力と魔力がどんどん削られていく。

濁流に翻弄《ほんろう》される木の葉のように、なすすべなく後ろに下がることしかできない。

次元が違いすぎる。

ほとんど合格者がいないというのも当然だと思った。

こんな化物を前に六十秒耐えるなんて、とても正気の沙汰《さた》とは思えない。

《固有時間加速《スペルブースト》》

そんな猛攻の中で補助魔法を起動できたのは、私が今一番得意とする魔法だったからだ。

過酷な労働環境。

疲れ切ってボロボロの状態で、それでも納期を守るために使い続けた補助魔法。

何度も何度も繰り返した。

この魔法式なら、意識が朦朧《もうろう》としてる状態でも完璧なものを起動させる自信がある。

「へえ」

しかし、ガウェインさんに対してはそれすらもアドバンテージにはならない。

《固有時間加速《スペルブースト》》

ガウェインさんの動きが速くなる。

さらに重ねられる補助魔法。

《魔力増幅《エンハンス》》

《魔力強化《マナブースト》》

私も同じものを重ねるけれど、強化魔法で底上げされたガウェインさんの火力は常識的な魔法使いの領域を超えていた。

人間が向かい合って対処できるものとは思えない、天災そのもののような猛攻。

息もつかせてくれない連続攻撃。

――あれ？

だけど、意外だったのは私の身体がガウェインさんの猛攻に反応できていることだった。

かろうじてついていくのが精一杯だけど、それでも耐えることはできている。

そうだ。

私はこの戦い方を知ってるんだ。

ガウェインさんと同じ無詠唱での《多重詠唱《マルチキャスト》》を使う相手を私は知っている。

何度も負けて。

悔しくて。

絶対に負けたくなくて。

もう一度、もう一度って数え切れないほど戦ったライバルで親友。

『大丈夫。君もできるよ』

本当だと思った。

ルークが私に、ヒントをくれていたんだ。

全力でぶつかり合ったあの日々が私に力を、勇気をくれる。

見える。

反応できる。

次は――かわせる。

身をかわし、カウンターで放った私の魔法は、ガウェインさんの左肩をかすめた。

「まさか、ここまでやるとはな」

ガウェインさんは愉しそうに口角を上げる。

「どうやら手加減する必要はないらしい。ここからは本気で行くぜ」

目の前にあるのは途方もなく大きな壁だ。

誰も私が超えられるなんて思ってない。

だけど、その状況は私にあの頃の時間を思いださせた。

『誰が平民風情よ！　私はお母さんが女手ひとつで一生懸命働いてくれてこの学校に通えている

の！　そのことを誇りに思っているし、公爵家だろうがなんだろうが知ったことじゃない！　あんたなんか百回でも千回でもボコボコにしてやるわ！』

胸の高鳴り。

どうしてだろう。

根拠はないけれど、それでもできるような気がするんだ。

空も飛べそうだったあの頃と同じように。

見てなさい、ルーク。

地方の魔道具師ギルドでも通用しなくて、役立たず扱い。

働くところがなかった私を拾ってくれた。

何もない私に期待してくれた。

その判断が間違いじゃなかったって、思わせてやる。

ここまで来たら、六十秒耐え抜いて負けてないってところを見せてやるんだから。

自然と笑みがこぼれる。

遠くからかすかに聞き慣れた笑い声が聞こえた気がした。

◇　◇　◇

王宮魔術師団ガウェイン隊における新人恒例行事、《血の60秒》は王宮で働く者たちにとってちょっとした名物でもあった。

王宮魔術師たちはもちろん、王立騎士団、そしてその他の宮廷関係者たちも噂を聞きつけてどこからともなく観覧に来る。

まして、今回はいつもよりずっとギャラリーが多い。

入団試験で巨壁を破壊したという化物新人がどれほどの実力を持っているのか、自分の目で確かめたいと思った者たちも多かったのだろう。

その彼女と聖宝級《メイガス》魔術師、ガウェイン・スタークが手合わせするのだというのだから注目度はすさまじいものがある。

ギャラリーの中には結果を対象とした賭けをする者たちもいた。

何秒耐えられるのかを予想する賭けは《血の60秒》における恒例行事である。見ていた者たちの間で自然発生的に始まったそれは宮廷中に広がり、今や賭けの方をメインで観覧に来る者も多い。

オリバー・ハンプトンはそんなギャラリーの一人だった。

『買うとしたら十秒以内の秒数を選ぶのが最善だろうな。大穴で『十秒以上』を買いたくなる気持ちもわかるが、さすがにやめとけ。もう二年も出てない上、今年首席合格した新人も九秒でやられちまったんだから。あの壁に大穴を開けた魔力量は尋常《じんじょう》じゃねえが、在野で無実績の女には荷が重すぎる』

誰もが違う言葉で同じ事を言っていた試合前。

見守る観衆の中に、とんでもない人物の姿を見つけてオリバーは息を呑む。

《白銀の魔術師》の異名を持つ聖宝級《メイガス》魔術師、クリス・シャーロック。

王立騎士団で団長を務める《無敗の剣聖》、エリック・ラッシュフォード。

そしてその二人を左右に従えて、王国の第一王子ミカエル・アーデンフェルド殿下が見学に訪れていた。

（嘘だろ……殿下までって）

考えることは皆同じなのだろう。

既に会場中のほとんどの者がミカエル殿下の存在に気づき、その一挙手一投足をうかがっている。

演習場の空気は、手合わせが始まる前の段階でただの新人恒例行事ではない異様なものに変わっていた。

オリバーはノエルという名の新人を少し不憫《ふびん》に思う。

ここまで大勢に見られる必要もなかっただろうに、と。

名義上入隊試験と呼ばれているこの儀式だが、実際は学院で天才扱いされて入ってきた新人の鼻っ柱を折るためのものだ。

ガウェインも手をゆるめるようなことはしない。

あわれな新人は為《な》す術《すべ》なく一方的に粉微塵にされ、演習場の床を転がることになるだろう。

（気の良い三番隊の連中はかなりフォローしていたようだが、この注目度で惨敗はへこむぞ。落ち込みすぎなければいいんだが……）

そう思っていたのはオリバーだけではない。

会場に詰めかけた誰もがそう思っていた。

なのに――

（これはなんだ？）

オリバーは目の前の光景が信じられない。

（動きが変わった……まるで別人みたいに……）

魔法で自らの時間を加速させているのだろう。

目にも留まらぬ攻防。

鼓膜を殴りつける爆発のような魔法の衝突。

翠玉級の王宮魔術師であるオリバーですら二人の動きを目で追うことができない。

気づかされたことが二つあった。

ひとつは、圧倒的な強さで新人たちを蹂躙《じゅうりん》していたガウェインはそれでいてなお、今までまるで本気を出していなかったこと。

そして、目の前の新人はガウェインの本気を前に一歩も退かず、まったく対等に渡り合っていること。

「何者なんですか、あの人……」

思わずそう問いかけずにはいられなかった。

普段なら絶対に声をかけられない相手。

サファイアブルーの瞳に射貫かれて、自分がとんでもないことをしてしまったと気づく。

名家ヴァルトシュタイン家の最高傑作にして次期当主。

新人として初めて《血の60秒》を耐え抜き、わずか三年で聖金《アダマンタイト》級魔術師まで上り詰めた天才《怪物》。

年下の上官、ルーク・ヴァルトシュタインはしかし何事もなかったかのように言葉を返してくれた。

「学院生時代僕が最後まで勝ち越せなかった本物の怪物。でも、アホで抜けてるところがあって地方でくすぶっていたから拾ってきた。まあ、僕の隣に立つんだからあれくらいはやってもらわないと」

あれくらいって。

そんな簡単に言っていいような状況じゃ――

口の中がからからに乾いている。

未だに現実として受け止めきれない目の前の光景。

ただ、ひとつだけわかることがある。

自分は今、とんでもない何かを目にしている。

呼吸を忘れて見入っていた。

そこにいる誰もがそうしているように。

◇　◇　◇

対象の固有時間を加速させる《固有時間加速《スペルブースト》》

引き延ばされた時間の中で私とガウェインさんの攻防は続いていた。

ついていくのが精一杯。

ほんの一瞬も気を抜くことができない。

一歩間違えればかろうじて保たれている均衡《きんこう》はあっけなく崩れ、私は演習場の床を転がることになるだろう。

だけど、自分より強い相手とギリギリで渡り合う緊張感は、学院生時代のルークとの攻防と同じだった。

ルークのやつってば、ほんと嫌味みたいに強くて何度ボコボコにされたことか。

ムカつくからやられた分たくさん練習をして、その次は必ず私がボコボコにしかえしてたんだけど。

数え切れないほど繰り返した一対一。

その時間が私に力をくれる。

一人じゃない。

今の私はルークの力を借りて戦っていて、
だけど、魔法を交わす中でひとつ明確にわかってしまう。

気づいてしまう。

――勝てない。

相手は魔法戦闘のプロフェッショナルだ。

魔法使いとして戦った経験の量が違いすぎる。

先についていけなくなるのは私の方。

だったら、それを理解した上でどうするか。

――勝ちたい。

心の中で負けず嫌いなあの日の私が叫んでいる。

そうだ。

あの頃の私は、ルークが天才だとかそんなの知ったことじゃなくて。

ただ負けたくないって一心で自分より高い壁を越えてやろうと挑み続けた。

社会では通用しなかったけど、でもまたあの頃みたいに、ルークをぎゃふんと言わせられるくらいがんばりたいって思うから。

だから、ごめん。
六十秒耐えられないかもしれない。
許して。

その代わり、それよりもっと大きなものを私、取りに行くから——

踏み込む。
間合いを詰める。
当たれば即致命傷の至近距離。
だからこそ、私が放つカウンターも最高の威力を持ったものになる。

王国魔法界の頂点。
聖宝級《メイガス》魔術師を超えてやる——！

六十秒耐え抜きを捨て、勝ちを取りにいった私の踏み込みに、ガウェインさんの口角が上がる。
はるかに格上の自分を超えようと踏み込んだ無鉄砲な新人が、面白くて仕方ないというようなそんな笑み。

交錯する。

四方を埋め尽くすように展開する魔法陣。

ガウェインさんの業火と私の暴風が衝突する。

強振と轟音。

鼓膜を叩く強烈な衝撃波。

演習場を包んだ土煙が次第に晴れていく。

私の魔法は、ガウェインさんに届かず――

しかしガウェインさんの魔法も私に届いてはいなかった。

「面白え」

ガウェインさんは口角を上げる。

「ありがとよ。本気で殴っても壊れない相手とやるのは久しぶりだ」

「こちらこそありがとうございます。なんだか昔に戻ったみたいで、心が軽くて」

「そうか？　いいことだ」

うなずいてからガウェインさんは言った。

「よし、じゃあ第二ラウンドを――」

不意に割り込んだのは、冷たい氷のような声だった。

「六十秒、そこまでです」

その声に、ガウェインさんは顔をしかめてから言う。

「いや、これからが楽しいところで」

「聖宝級《メイガス》魔術師が本気で楽しんでどうするんですか。新人相手に」

すらりと伸びた細身の長身と銀色の髪。

美しい鳥を思わせる外見のその人のことを私は知っていた。

《白銀の魔術師》、――クリス・シャーロック。

ガウェインさんと同じ、聖宝級《メイガス》魔術師の一人。

「いいだろ。ちょっとくらい」

「隊長が決めたルールを破っていては下の者に示しがつきません。ミカエル殿下もご覧になっているんですよ。我々魔術師団の評価を下げないよう、節度と常識を弁《わきま》えた行動を――」

「わかったよ。やめればいいんだろ、やめれば」

頭をかきながら言うガウェインさん。

それから、私を見下ろして言った。

「お前、合格だ」

その言葉に、ようやく自分が合格したことに気づく。

やった……！

私、合格できたんだ……！

まさか六十秒耐え抜くとは思ってなかったのだろう。

呆然としている観覧の人たち。

ふふん！　見たかルーク！

達成感に目を細めてから、私はルークに向け『どうだ！』とどや顔してやったのだった。

◇　◇　◇

「見た見た？　私も合格だって」

戦いを終え、全力で自慢した私に、ルークは軽く微笑んで言った。

「見てたよ。相変わらず強いね、君は」

「でしょでしょ！　意外と私できる子みたい」

最初は絶望的だと思ったけど、合格することができて目を細める。

ルークも合格だったたって聞いてたからな。

やっぱりルークには負けたくないところがあるから、負けてない結果を出せたことが何よりうれしい。

「でも、僕はもっと余裕だったけどね」

「いやいや、私の方がすごかったし」

「君は見てないでしょ。僕は両方知ってるから比較できるわけ」

「見てなくてもわかりますー。絶対負けてないから」

なんだか昔に戻ったみたいなやりとり。

「へえ、お前がそんな顔するんだな」

不意に背後からガウェインさんの声。

その視線の先にいるのはルークだった。

「別に。普通ですよ」

「いや、いつもの一ミリも心から笑ってない作り物の笑顔とは全然違う。まるで、学生時代ずっと片思いしてたのに関係を壊すのが怖くて何もできずに後悔していた相手が目の前にいるみたいな」

「今すぐ黙らないとぶち殺しますよ、隊長」

珍しく余裕のない姿で止めようとするルークと、それをからかうガウェインさん。

親友が職場で仲良くやってるみたいで、なんだか安心する。

「で、お前。ノエルだったか」

ガウェインさんが私を見て言った。

「六十秒耐え抜いたご褒美になんでも奢ってやる。何が食べたい？」

な、なんでも……!?

なんでもお願いしていいのですか……!?

「お肉！　お肉をお願いしますっ！」

割と貧しい部類の平民として育った私にとって、高級なお肉は憧れの対象。

ガウェインさんは聖宝級魔術師《メイガス》だし、収入もかなりの額をもらっているはず。

ちょっとくらい贅沢させてもらってもいいよね？

ご褒美だし。

「よし、わかった。王都で一番良い店に連れて行ってやる」

なんて太っ腹！

この人、良い上司さんだ……！

期待に胸を弾ませつつ、ガウェインさんの後に続く。

「で、なんでお前までついてきてんだ」

「ノエルは僕の相棒《バディ》なので」

「便乗して奢られようとしてるだろ、お前」

「気のせいです」

そう言いながら、ルークはちゃっかり奢られコースに入っていた。

相変わらず要領良いなぁ、と感心する。

到着したそこは見るからに豪壮な高級店。

普段なら近づくことさえためらわれる店構えに、ほんとにいいんだろうかとおっかなびっくり店内に入る。

扉の向こうは、超上流階級の世界。

なんだか空気までお高い気配をまとっている気がする。

「なんでも頼んでいいぞ。好きなだけ食え」

「いいんですか!?」

声を弾ませる私。

「……やめといた方がいいですよ、隊長」

ルークが口を挟む。

「ん？　なんでだ？」

「ノエルってああ見えてすごく食べるんで」

「ちっこい割にはってだけだろ。まあ、任せとけって。部下二人、腹一杯食わせるくらいの金はあるからよ」

そう余裕綽々《しゃくしゃく》だったガウェインさんは、三十分後死んだ魚の目で虚空を見つめていた。

「おかわりお願いします！」

「……まだ食うのかお前」

「お肉は別腹なので」

「…………」

大きくなったお腹を叩きつつ、幸せいっぱいな気持ちでお店を出る。

ガウェインさんとルークは、支払いをしながら何やら話していた。

「は、半月分の食費が一日で……」

「元気出してください、隊長」

「その、できればお前の分は出してもらっていいか？」

「ごちそうさまでした、隊長」

内容はよく聞こえなかったけど、ルークが先輩と仲良くやってるみたいでよかった。

にしても、ごはんをお昼にゆっくり食べられるなんて……！

前の職場では仕事が多すぎて昼休憩なんて存在しない日も多かったから、余裕を持って食べられるこの時間がありがたすぎる。

ああ、なんて素敵なんだろう、ホワイト職場環境。

雲ひとつ無い青空の下、よろこびを噛みしめる新生活初日の私だった。

◇　◇　◇

「どうでした？」

隊舎に戻ったガウェインは声に足を止める。

まるで気配のなかった死角からかけられた声。

しかし、ガウェインはそこで待つ人物の存在に数瞬前に気づいていていた。

氷雪系最強を誇る《白銀の魔術師》——クリス・シャーロック。

「間違いなく只者じゃねえな。魔力制御の精度が高すぎるせいで、並以下の魔法使いだと誤解されていたようだがとんでもない。魔力量も精度も既に一線級。王宮魔術師団でもあそこまでの使い手は多くない」

「でしょうね。あくまで練習とは言え、貴方の全力にあそこまでついていける魔法使いがどれだけいるか」

クリスは言う。

「何より興味深いのは彼女の動きが戦いが進むにつれ、鋭さを増したことです。戦いの中、異常な速度で動きが良くなっていった。もちろん貴方が意図的にそれを引き出した側面はありますが」

「にしても、あそこまでついてくるとはな。試すのを忘れてつい楽しんじまった」

ガウェインが三番隊の隊長になってから、《血の60秒》を凌《しの》ぎきったのは歴代で二人目。

さらに、入団試験で巨壁を破壊したのも歴代で二人目の出来事になる。

その二つを入団初日でやってみせた新人の姿は二人の目に衝撃的な光景として焼き付いていた。

巨壁を破壊した最初の一人であり、聖宝級《メイガス》魔術師の中でもトップクラスに高いガウェインの超火力を前に、彼女は一歩も退かず迎え撃ったのだ。

それがどれほどすさまじいことか。

「相手を壊しかねない俺の全力を前に、耐えるだけじゃなくリスク負って勝ちに来たからなあいつ」

「在野でも人並み外れて厳しい環境に身を置き、生活のすべてを捧げて魔法に打ち込んでいたのでしょうね。そういう魔法でした」

「よほど過酷な環境下で鍛錬《たんれん》してきたんだろうよ」

ガウェインはにやりと口角を上げて続ける。

「どういう経緯かは知らねえが、面白い」

「すぐに結果を出してもおかしくありませんね。ミカエル殿下も彼女に興味を持っておられたようでした」

「殿下が……？」

「ええ。優秀なあの方らしい。何か感じるところがあったのでしょう」

「こりゃ責任重大だな。大切に育てねえと」

「そうしてください」

うなずいてから、クリスは言った。

「実に興味深いです。彼女が、これからどうなっていくのか」

◆　◆　◆

西部辺境の町にある魔道具師ギルド。

夜会から昼過ぎに帰ってきたギルド長は、声を弾ませて言った。

「聞け。侯爵様から、あるお方を紹介していただいたのだ。誰だと思う？」

「誰でしょうか？　皆目見当がつきませんが」

副ギルド長の言葉に、ギルド長は自らの成果を誇示するように言う。

「オズワルド商会を所有する大公爵、アーサー・オズワルド様だ」

「あ、あのオズワルド様ですか……!?」

副ギルド長が驚いたのも無理はない。

王国一の大商会を所有し、多方面で優れた才覚を発揮する王国貴族界の頂点に立つ一人、アーサー・オズワルド大公。

ギルド長は辺境を領地として持つ小さな男爵家の血筋とは言え、関係を持つ相手としてはあまりに大物すぎる。

「い、いったいどうして？」

信じられず声をふるわせる副ギルド長。

「うちで作っている水晶玉を気に入ってくれたようでな。『あそこまで質の良いものは見たことがない。是非取引をさせてもらえないか』とおっしゃっていただいた」

「な、なんと……！　オズワルド商会と取引まで……！」

オズワルド商会は一流の相手としか取引をしないことで知られている。

優れた目を持つ商人たちの選定は厳しく、ゆえにオズワルド商会で扱ってもらえることは魔道具師ギルドからすると最大級の栄誉であると言えた。

「あのオズワルド商会で取り扱われるとなると、うちのギルドの名は王国中、いや世界中に轟きますよ」

「さすがに人員を増やす必要があるな。大公殿下に気に入られたとなると、うまくやれば子爵、いや伯爵の称号も見えてくる」

「まさかそこまで……さすがのお考えです。敬服いたしました」

「なに、私の手にかかれば簡単なことだ」

自慢げに言うギルド長。

副ギルド長も、見えてきた出世の道に口角を上げる。

「にしても、大公殿下も見る目がありませんね。うちの水晶玉なんて他に何もできない役立たずの仕事なのに」

「わかっているようなことを言っているだけで、その実ああいう連中は何も見えていないものなのだ。少し見せ方を工夫するだけで簡単に騙せる」

「お見事です。やはり上にいかれるお方は違う」

「当然だ」

満足げに笑みを浮かべ、ギルド長は言う。

「今日はもう休む。いつも通り外で商談だと言っておいてくれ」

「承知しました」

ギルド長が、商談と言いながら自宅に帰り、浴びるように酒を飲んでいることを副ギルド長は知っていた。

だが、それを悪いことだとは思わない。

上に立つ者はそれだけ利益を得てしかるべきというのが副ギルド長の考えであり、ゆえに彼自身も工房に行かず外で要領よく息抜きをしている時間が多い。

(私も今日は休むことにしよう。大事を成す前には、休息も必要だ)

結果論ではあるが、ここで副ギルド長は現場に行くべきだった。

コネで入ったがゆえに現場経験がなく、恥をかきかねないからという理由で、おろそかにしていた現場の確認。

部下に仕事を押しつけ、怠けることが日常化していた彼は気づけない。

下っ端魔道具師が抜けて数日。

工房作業場の奥に積み上がった処理されていない仕事の山。

それは、誰に手をつけられることもなくそこに鎮座《ちんざ》している。

第3章　緋薔薇の舞踏会

王宮魔術師団は王国における最高機関のひとつだ。

その活動は多岐にわたり、配属される部署によって仕事内容も大きく変わってくる。

大きなところで言うと、一番隊は王国魔法界統括《とうかつ》。行政院の文官的なお仕事。二番隊は魔法関係の法務で、三番隊は王都および王宮の警護。四番隊は医療魔法関連の業務および救護作業。五番隊は魔法薬関連の業務で、六番隊は魔道具関連の業務という風に部署が分かれている。

私が配属されたのはルークと同じ三番隊。

王立騎士団と協力して王宮と王都の安全を守る大切なお仕事だ。

働き始めて数日。

新しい職場は覚えることがいっぱいで、前職みたいに目が回るような日々を過ごすことになると思っていたのだけど、意外なことにこれがまったくそんなことはなかった。

どうやら今はいわゆる閑散期に分類される時期のようで、魔物の活動が沈静化している分、三番隊の人たちの中には他部署の応援に行っている人も多いらしい。

なのでまず私がすることになった仕事は王宮の警備といざというときに備えての訓練と勉強。

魔法の練習も勉強も大好きな私なので、お金をもらいながらできる環境は本当にありがたい。

加えて、勤務先である王宮もすごかった。

見れば誰もがその壮麗さに言葉を失うと称《たた》えられる《赤の宮殿》は中を歩いているだけでうっとりせずにはいられない素敵空間。

天井の高い廊下。光を反射する水晶のシャンデリア。金細工の蠟燭台は橙色の灯を揺らし、吹き抜ける風には緋薔薇と黄水仙の香りが混じっている。

王国で一番華やかな王宮で働いているのだから、当然のことなのかもしれないけど、すごいなぁ綺麗だなぁ、と見とれながら過ごす日々。

うっかり何か壊して弁償させられることになったら、地獄の借金生活間違いなしだから絶対にさわったりはできないけど。

美しい調度品に近づきそうになるたび、全力で飛び退いて距離を取る私をルークはくすくす笑って見ていた。

本当に、私には勿体ないくらいの素敵な職場環境。

でも、だからこそ少し不安になってしまう。

私はここで働いていていいのかなって。

だって地方の魔道具師ギルドでも仕事ができなくてお荷物扱いされていた私なのだ。

魔力と魔法戦闘では通用している部分もあるみたいだけど、後の部分はきっとひどいレベル。選りすぐりのエリート揃いである王宮魔術師さんたちからすれば、きっと目も当てられないほどに違いない。

『まさかここまでできないとはね。君、明日から来なくていいよ』

嫌だ！

そんなことになるのは嫌すぎる！

どんな手を使ってもこのホワイトな職場にしがみつかなければっ！

そのために私が始めたのが雑用大作戦だった。

隊舎の掃除に、消耗品の補充、植物の水やり、点滅し始めた魔法灯の交換。

誰でもできる雑用を率先してこなすことで同情を買い、クビにしづらくする頭脳的な作戦である。

「ねえ、この通信用魔道具の整備を誰かにお願いしたいのだけど」

その言葉に、私は心の中で拳を握る。

作戦通り……！

こうなることを予期し、あらかじめ空いた時間で整備をしておいたのだ……！

「やっておきました、先輩！」

「え？」

先輩は箱に積まれた通信用魔道具の端末を見る。

「どの端末を整備してくれたの？」

「箱にあったもの全部です。他にもあるなら私やりますよ」

真剣な顔で箱の端末を確認する先輩。

少しの間押し黙ってから言う。

「…………ううん、これで全部だから大丈夫」

それから私の目を見て続けた。

「ありがとう。助かったわ」

その言葉がどれだけ私の心をあたたかくしてくれたか。

前の職場ではお礼なんて言われたことなかったからなぁ。

みんな疲れ切って心に余裕がなかったから仕方ないんだけど。

でも、だからこそ感謝の言葉が本当にうれしい。

よし、この調子でもっともっとアピールして、必要としてもらえる人材になるぞ！

張り切って、雑用に励む私だった。

◇　◇　◇

レティシア・リゼッタストーンは三番隊で副隊長を務めている。

女性として三人目の聖金《アダマンタイト》級魔術師であり、隊長を務めるガウェイン・スタークの相棒《バディ》でもある彼女は、『鉄の女』という異名を持っていた。

正しいと思えば誰が相手でも強い意志で主張する生真面目な性格。

王宮魔術師団の中でもその優秀さは高く評価されている。

ガウェインをサポートし、実務的に三番隊を支えているのが彼女だ。

そんな彼女を困惑させているのが、三番隊第三席であるルーク・ヴァルトシュタインが連れてきた新人魔法使いだった。

新人――ノエル・スプリングフィールド。

『素敵……！　かっこいい大人の女性だ……！』

初対面のとき、きらきらした目で自分を見上げた彼女のことをレティシアは鮮明に覚えている。

一見すると子供みたいに見える彼女は、しかし真面目で頑張り屋。

レティシアはすぐに彼女に好感を持った。

(在野から来て、レベルの高い王宮魔術師の環境に適応するのは大変なこと。時間はかかるかもしれないけど長い目で見守っていきましょう)

ところが、その先に待っていたのは想像さえしていない状況だった。

仕事があまりにも速すぎるのだ。

若手の魔術師たちが時間をかけて行う大量の雑務を、彼女は一人で簡単に片付けてしまう。

その仕事の速さに大きく寄与しているのが補助魔法《固有時間加速《スペルブースト》》であることはレティシアも理解している。

しかし、恐るべきはその加速率と持続時間。

彼女の速さは聖宝級《メイガス》魔術師であるガウェインさえもわずかに上回っているように見えた。

速さだけなら間違いなくトップクラス。

下手すると王国最速の域にある可能性すらある。

その上、聖金級《アダマンタイト》魔術師であるレティシアでも連続での使用は十分が限界である《固有時間加速《スペルブースト》》を彼女は最大で八時間連続使用したことがあると言う。

『最初は五分が限界だったんですけど、使わないとノルマが終わらないので毎日何度も繰り返し使ってたんです。そしたら意識が七回飛んだ辺りから、だんだんと長い時間使えるようになってきて』

『八時間のときはほんと死にそうでした。普段は五時間くらい使えば大体ノルマはこなせるんですけど、現場主任さんが伝え忘れていた仕事が見つかってそれから大慌てで……最後の一時間は何やってたか全然覚えてないです』

ぞっとする話だ。

とても人間が生存できる環境とは思えない。

高難度の補助魔法を、数時間単位で使い続けることを強制される世界。

いったいどれだけ厳しい環境に身を置いていたのか。

（まさか古の大賢老の弟子……？　ありうるわ。だってこの練習量はいくらなんでも壮絶すぎる）

魔法の知識と良識が少しでもある者なら、絶対に課すことのできない練習量と厳しさであるように思えてしまう。

それを本気で課す者がいて、さらにこの子は乗り越えたなんて……。

代々魔法使いの家系に生まれ、自身も幼少期から厳しく育てられたレティシアだからこそわかる。

いったいどれほどの苦しみを乗り越えて彼女はここにいるのか。

（やさしくしてあげないといけない。そこまで異常な環境に身を置いていたなら、きっと心も擦り切れてボロボロのはず。壊れずにここにいるのが奇跡だもの）

少しアホの子に見える部分があるのは、おそらくその後遺症だろう。

何より、これだけの力を持ちながら誰もやりたがらない雑用を自ら進んで行う気遣いと謙虚な性格。

この子はただの新人ではない。

既に一線級の魔法使いとして必要な資質と力を備えている。

（隊長にも報告しておかないと。無理をしないよう見守ってあげないといけないわ）

レティシアは誰も見ていないところで雑用に励む新人の後ろ姿に思う。

（もしかすると、女性初の聖宝級《メイガス》魔術師になるのはこういう子なのかもね）

◇　◇　◇

「それでね！　レティシアさんってすごくやさしくて、普通のことをしてるだけなのに『ノエルさんは優秀ね』って褒めてくれるの」

仕事の休憩時間。

私はルークに憧れの先輩のことを話していた。

「もう一目見たときから、『かっこいい！　こんな人になりたい！』って思ったんだけど私の目は正しかったよ。あんなに素敵でやさしい人だなんて」

最初に憧れたのは外見だったけど、知れば中身もどんどん好きになる。

できる大人の女性って感じ。

地方の魔道具師ギルドでも通用しなかった私だから、やってる仕事も王宮魔術師さんの目から見ると決して褒められたものじゃないはずなのに。

それでもやさしい言葉をかけてくれて。

なんて素敵な人なんだろう。

熱心に語る私に、ルークはため息をつく。

「……なんで一番近くにいる僕じゃなくてそういう斜め上の方向に行くかな」

「ん？　なんか言った？」

「なんでもない」

言って不満げに窓の外を見るルーク。

その横顔を見ながら、私は昨日母に言われた言葉を思いだす。

前職に比べれば快適すぎる職場がうれしくて、

『仕事順調だよ！　魔法の練習もできてすごく楽しいんだ』

とお母さんに言ったら、

『それはいいことだけど、もっと大事なのはあの方と結婚して玉の輿に乗ることよ！　そうだ、あんた学院で魔法薬の研究してたらしいじゃない。惚れ薬作って飲ませましょう！　完璧な作戦よ！』

と戯言《ざれごと》が返ってきたのだ。

惚れ薬を作るのも飲ませるのも立派な犯罪である。

まったく、お母さんは何もわかってないんだから。

やれやれ、と肩をすくめていると、不意にルークが言った。

「ところで、来週王宮で王室主催の舞踏会があるの知ってる？　《緋薔薇の舞踏会》って言うんだけど」

「そりゃ知ってるよ。有名だもん」

その舞踏会を私は知っていた。

というか、王国で生まれ育ったなら知らない人はいないんじゃないかと思う。

「もう百年以上続く歴史と伝統ある舞踏会。代々王国の王太子様はこの舞踏会で将来の王妃様と出会ってるんだよね。女の子はみんなこの舞踏会に憧れる少女時代を過ごすんだから」

「へえ、意外。ノエルがそういうのに興味あるなんて」

「失礼な。私だって昔は夢見る女の子してましたとも」

「プリンセスより大魔法使いになりたいってタイプだと思ってた」

「あ、もちろんそっちが第一希望だったよ。プリンセスは二番目かな」

節約家のお母さんは、遊び道具を全然買ってくれなくて。

だから友達のロマンス小説を借りては、夢中で読んでいたことを思いだす。

あの頃はみんなが買ってもらえるものをいつも私は持ってなくて、ちょっと寂しい気持ちになったこともあったっけ。

でも、そうやって貯めた大切なお金を、「魔術学院に行きたい」って言った私のためにお母さんは全部使ってくれて。

そんな寂しさの何千倍、ほんとは感謝してる。

お母さんは田舎生まれの田舎育ちだから、女子は結婚して家庭に入るものって昔の常識が強くあって、そこはちょっと困りものだけどね。

「でも、そっか。《緋薔薇の舞踏会》って王宮で開催されるんだもんね」

改めて自分がすごいところにいると気づかされる。

昔憧れた王国最大の舞踏会がすぐ目の前で開かれるなんて。

とはいえ、将来の王妃様が決まるかもしれない重要なイベントなので、出席できるのは王国の中でもほんの一握り。

王太子殿下と結婚しても問題が起きない家柄――最上位の貴族様方や、隣国の姫君でもないと中に入ることさえ許されないのだけど。

だからこそ、より女の子たちの憧れになっているんだよね。

庶民の私にとっては夢の世界。それはもうエレガントで素敵なものなわけです。

ほんとにあるんだ、すごいなぁって感心していた私に、ルークは言った。

「それで僕の相棒《バディ》の君も出席が決まってるんだけど」

言葉の意味が理解できなかった。

約一分くらい硬直してから私は言った。

「…………………え？」

《緋薔薇の舞踏会》は王室主催で行われるため、賓客《ひんきゃく》に万が一のことがないよう最大級の警戒態勢で臨《のぞ》む必要があるイベントだ。

その一方で外部や他国からの出席者も多い分、警戒はより難しい。

舞踏会の雰囲気を壊さないよう、物々しい警備の騎士はできる限り少なくしたいところもある。

こうした問題を解決するべく、《緋薔薇の舞踏会》では王立騎士団と王宮魔術師の中から選りすぐりの精鋭を密かに参加者に紛れ込ませて何かあったときのために備えているらしい。

「女性が魔法を使って働くのが普通のことになってきてるとは言え、聖金《アダマンタイト》級近くまで上り詰めた人はまだ少ないからね。会議で女性役の王宮魔術師がもっとほしいってなったから僕が君を推薦したわけ」

「でも、私まだ白磁級……」

「僕が参加するんだから相棒《バディ》の君が出てもおかしくないでしょ。壁を壊した上、あの《血の60秒》で合格。王宮魔術師団で君はもうすっかり有名人だし」

「ま、マジですか……」

たしかに、歩いていてもやたら視線やら何やら感じるなとは思っていたけど。

「でも、私ただの田舎町出身の平民だよ。貴族の中でも選ばれた一部の人しか出られないような舞踏会に出ていいの？」

「そこは正直反対意見も多かったかな。まあ、通せるよういろいろ手は打っておいたから」

「……何したの？」

「知りたい？」

にっこり笑うルーク。

単純な私と違って、この手の策略とか考えるのほんとうまいんだよね、ルークって。

「やめとく。聞いちゃうと私、うっかり口すべらすかもだし」

「その方がいいと思うよ。聞いちゃうともう元の生活には戻れないから」

「う、うん……」

怖い。

貴族の暗躍怖い。

「ただ、手段を選ばず配置しておきたい程度には、今回の舞踏会でノエルの力が必要だと僕は思ってる。先日他国の記念式典で王太子殿下の暗殺未遂事件があったのは知ってるよね」

「うん。なんとか一命は取り留めたって記事を見てほんとよかったなって」

「内部で勢力争いが続いている国も多いし、いつ何が起きるかわからないからね。準備は万全にしておくに越したことはない。何より、それはある意味僕にとってチャンスでもある」

「チャンス？」

「舞踏会における襲撃事件を未然に防ぎ、犯人を捕縛すれば最年少聖宝級《メイガス》に大きく近づけるでしょ？」

「やれやれ、ほんとこの人は」

私はため息をつく。

「そんなに地位と名誉ほしい？　あんまり心の健康によくないと思うよ、そういうの」

「地位と名誉にはそこまで興味ないけどね。ただ、絶対に手に入れたい大切なものがひとつある」

「絶対に手に入れたい大切なもの？」

「うん。そして、それは王国一の魔法使いにならないと手に入らない。家柄や周囲の思惑《おもわく》を押し切って無理を通すにはそれくらいの力が必要なんだ」

「な、なんかすごそうだね」

そんなすごいものがあるらしい。

いったい何なんだろう？

王国で一番にならないともらえない伝説の魔法剣的なやつがあるんだろうか。

「でも、意外。ルークって器用だし要領良いから、何でも簡単に手に入りそうに見えるけど」

「大体のものは手に入れられるかな。でも、人生ってよくできてさ。本当に大切なたったひとつがあって。そのひとつさえあれば他に何もいらないし、そのためにすべてを失ってもいいと思えるくらい大切で。なのにそのひとつに限って僕のものにはならない。そういうものなんだ」

他のすべてと比べても、ずっと大切なたったひとつ。

素敵な話だな、と素直に思った。

私にとっての魔法みたいな、絶対にあきらめたくない大切なもの。

腹黒で計算高い割に根っこのところは意外と純粋なんだよね、ルークって。

でも、そんなに大切なたったひとつっていったい何なんだろう？

「待ってね。当てるから」

ずっと一緒にいたから、ルークのことはかなり知っているはず。

ばっちり当てちゃいますよ、と自信満々で臨んだのだけど、困ったことにまったくそれらしい答えが見つからない。

「もしかして、卒業してから出会ったもの？」

「いや、学院時代から。もう六年くらいになるかな」

六年か。だったらちょうど私と仲良くなった辺りだよね。

それなら、なんとか当てたいところなんだけど……うーん、なんだ……？　そこまでルークにとって大切なもの……？

「一部の人しか知らない伝説最強の魔法剣とか」

「やっぱり君はそういう人だよね」

ため息をつくルーク。

「降参！　教えて」

と言ったら、ルークはサファイアブルーの瞳を細め、くすりと笑って言った。

「君には教えてあげない」

謎はひとつ増えたけど、ともあれ私は《緋薔薇の舞踏会》に出席することになったらしい。

小さい頃憧れていた王宮の舞踏会！

まさか庶民の私に出られる日が来るなんて！

どんなところなんだろう？

御伽話《おとぎ》みたいにどこかの国の王子様に一目惚れされちゃったりするかも。

妄想して頬をゆるめていた私は、不意にひとつの問題に気づく。

「あれ？　でもそんな超上流階級の舞踏会に出るってことは、マナーとかダンスとかできないといけないんじゃない？」

「もちろん。当たり前でしょ」

「でも私、マナーもダンスもまったくわからないけど」

言った私に、ルークはにっこり笑って言った。

「練習、しよっか」


それから、ルーク先生による舞踏会に出るための特訓が始まった。

まず最初に行われたのは現在の力を確認するためのテスト。

舞踏会における礼儀作法の常識テストで、壊滅的な点数を取った私にルークはため息をついた。

「まあこんなことだろうと思った」

「しょうがないじゃん！　こんなの庶民の世界じゃ誰も教えてくれないし」

「この辺りは学院でも習った範囲だけど」

「……なるほど」

目をそらす私に、ルークは深く息を吐いて言う。

「ほんと興味ないことはさっぱりできないよね、ノエルって。学院でも魔法に関係ない一般教養系は教師陣が絶句するような点数取ってたし」

「私的にはがんばってたんだよ。でも、どうしても興味が湧かないしできないと言いますか」

「そのくせ、魔法になると神童扱いされてた僕と同じくらい良い点取るんだから」

「えへへ、もっと褒めて」

「褒めません。しっかり勉強しましょうね、ノエルさん」

「……はい」

書いて読んでを繰り返して、頭に叩き込む。

興味のないことを覚えるのは大変だったけど、やってみると学生時代よりずっとがんばれる自分がいるのに気づいた。

多分魔道具師ギルドで嫌なことや苦手なこともがんばって取り組んでいたからだろう。

我慢して繰り返せば、自然とできるようになる。

だからできなくても投げ出さなくていい。

そのことを今の私は知っている。

何が役に立つかわからないな、人生って。

それに、ルークは教えるのがやっぱり上手だった。

何度間違えても、嫌な顔ひとつせず付き合ってくれて。

変わってないなぁ、となつかしくなって微笑む。

そんな感じで知識の方は最低限なんとかなったのだけど、問題はダンスの方だった。

「……なに、その陸に打ち上げられた魚みたいな動き」

「え？　私的には最高に優雅で華麗なダンスフォームだと思うんだけど」

「鏡の前でやろうか」

やれやれ、何をおっしゃいますルークさん。

完璧に踊れてるじゃないですか、と大きな鏡の前で自分の姿を見た私は、衝撃のあまり言葉が出なかった。

「な、何これ……こんなの私じゃない……」

「残念ながらあなたです」

ため息をつくルーク。

「うそ、昔から運動は得意な方だったんだよ。木登りと悪ガキとの喧嘩《けんか》では四百戦無敗で」

「知ってる。すごく君らしいエピソードで何よりだよ」

「いじめっ子をボコボコにして回って、『西で一番やべえ女』って恐れられてたんだから」

「ほんと特殊な人だよね、君って」

ルークはやれやれ、と肩をすくめて言う。

「どちらかといえば音感と芸術センスの問題じゃない？　ノエルそういうの苦手だったでしょ」

「あー」

音楽とか絵画とか歌とかそういう芸術系統は絶望的にできない私である。

だって、興味ないものはやろうと思わないし。

できなくてつまんないからもっとやらないし。

「まあ、任せて。最低限踊れるレベルに仕上げられるよう準備はしてきたから」

こうして始まった『教えるのが上手なルーク対ダンスのセンスが絶望的な私』の戦い。

ルークはすごくがんばってくれたけど、私は自分でもあきれるくらいに下手くそで。

結局舞踏会前日の終業時間になっても、私のワルツは目指していたレベルには到達できなかった。

「私、残って練習するよ。ルークは帰っていいから」

「ダメ、君も帰ること。本番は明日なんだから。疲れを残さない方が大切」

「でも、これじゃステップを間違えちゃうかもしれないから」

「間違えていいよ。僕がフォローする」

「フォローできないレベルのミスしちゃうかも。恥かかせるかもしれないよ」

「いいよ。大失敗してもノエルとなら良い思い出」

ルークはそうにっこり笑って言った。

「ささ、帰った帰った。お母さんとごはん食べな」

仕事の中でもルークは私のことを大切に扱ってくれていて。

前職とはまったく違う働きやすい職場環境で、そこは本当にありがたいのだけど。

でも、同時に私は知っていた。

ルークがいない間に、彼が持ってきたダンスの教本を見てしまったのだ。


貼られた大量の付箋。

びっしりと書き込まれたわかりやすく教えるためのメモ書き。


私のために、がんばって準備してくれてたんだ。

仕事中や休憩時間にそんなことをしてるのは見ていない。

多分帰ってから家で準備してくれたんだろう。

そこまでしてもらって、私が何もしないのは違うよね。

「あんた、どこ行くの？」

夕ご飯を食べてから、呼び止めるお母さんに私は言う。

「ちょっと外で練習してくる」

夜の街の片隅で、私はダンスの練習をする。

明日はたしか満月で、だから綺麗な月が見えるかもって少し期待していたけれど、空は一面雲に覆われていた。

月のない夜、私は一人、ステップの練習をする。

どうか明日、ルークのがんばりに応えられるワルツが踊れますように。


舞踏会は夕方から夜にかけて。

それに合わせて、その日の私は午後から出勤することになっていた。

たっぷり昼前まで寝て体力を回復してから、ごはんを食べて王宮へ。

舞踏会に参加する王宮魔術師さんたちと一緒に、隊舎で身支度をしてもらう。

「お任せください。『誰よりも綺麗にしてください』とルーク様から仰《おお》せつかっておりますから」

王宮で働く侍女長さんは真剣な顔で私にお化粧をしてくれた。

「だ、誰これ……」

鏡の前で私は困惑する。

えらい美人さんがいるんだけど。

わ、私なのか……？

王宮のお化粧技術すげえ……。

絶句して鏡を見つめていた私に、侍女長さんは微笑んで言う。

「次は、ドレスの着付けをいたしましょう」

頭の九割を魔法が占めていて服もお化粧も適当系女子の私なので、百戦錬磨の侍女長さんに意見なんてできるわけがない。

うながされるまま、ドレスの着付けへ。

サイズを合わせていた侍女長さんは、私の胸元に目を留めて怪訝な顔をした。

「……これは何ですか？」

「ドレスを着るなら大きい方がいいのかなって！　パットを多めに重ねておきました！」

折角王国一の舞踏会に出るのだもの！

セクシーで色気あふれる大人の女性な姿で出たいもんね！

いつもより大きな胸を張って言った私に、侍女長は感情のない声で言った。

「外してください」

「え、でもセクシーな大人路線が」

「いいから外してください」

「……はい」

有無を言わさず外されてしまう。

胸元すかすかにならないかな、と怯えていた私だけど侍女長さんのドレス選びは的確で、想像よりずっと綺麗なドレス姿の私が完成した。

すごい！　まるで別人みたい！

綺麗になった自分がうれしくて、鏡の前でくるくる回りながら細部の点検をする。

ルークのやつ、絶対びっくりするぞ。

さあ見なさい、私の真の姿を！

どや顔で披露した私に、ルークは言った。

「綺麗だよ。でも、僕はいつもの君の方が好きかな」

やれやれ、見る目がないねえ、この人は。

公爵家の人なんだからもっと美というものに興味を持った方がいいよ、と伝えると、「君には言われたくない」と真顔で言われてしまった。

むむむ、なんと失礼な！

そういう方面に関心が無いのは否定できないけど。

まったくもってその通りだけど。

「各員にはこのボードに記した配置についてもらう」

ミーティングでガウェインさんの話を聞く。

舞踏会の警備は三番隊が主導で行われるらしい。

各隊から応援を呼び、ルークとレティシアさんを含む聖金《アダマンタイト》級魔術師が五名参加している他、聖宝《メイガス》級であるガウェインさん自身も参加する様子。

「いつ何が起きるかわからない。常に万全の準備をしておいてくれ」

腕組みして言うガウェインさん。

「いいか。警護の対象は舞踏会に出席した人たちだけじゃない。彼らを大切に思い、帰りを待っている人たちの気持ちもそこに乗っている。そのことを忘れるな。自負と覚悟を持って行動しろ。良いな」

思いのこもった言葉に、先輩たちと一緒に返事をする。

『よし、やるぞ！』と張り切る私の肩を叩いたのはガウェインさんだった。

「お前は背負い込む必要ないからな。大きな仕事はこれが初めてなんだ。ミスしてもフォローできる位置に配置してるし、何かあってもそこに置いた俺の責任だ。怖がらず、思いきりやっていい。責任は全部俺が取る」

にっと口角を上げて私の背中を叩いた。

「期待してるぜ。ノエル・スプリングフィールド」

その言葉がどんなにうれしかったか。

前の職場の冷たい侮蔑《ぶべつ》とは違う、あたたかくて力をくれる言葉。

期待に応えられるようがんばらなきゃ。

決意を胸に、会場に向かう。

緋薔薇が咲き誇る庭園の先、世界でも有数の美しさとたたえられる《赤の宮殿》の大王宮。

《緋薔薇の舞踏会》が始まる。

《緋薔薇の舞踏会》は、近隣諸国の王族や有力貴族との社交の場でもある。

銀水晶のシャンデリアの下や、鮮やかな緋薔薇が飾り付けられた花瓶の隣。

至るところで貴族さんたちが親しげに会話を交わしている。

誰と誰が話をしているのか観察しながら、どの順番で挨拶に行くかをうかがう駆け引きもあるみたいだけど、庶民の私にはよくわからない世界だ。

だけど、そんな私にもわかることがある。

それは飾り立てられた王宮のフロアが、言葉を失うくらいに美しいということ。

黄金の女神像がかたどられたキャンドルスタンドに、鮮やかなワインレッドの絨毯。

執事さんたちは長い列を作って料理やグラスワインを運び、二階の一角では王室お抱えの管弦楽団が美しい音色を響かせている。

「皆様にご来賓の王女様をご紹介いたします。ブランダール公国のシエル王女。クラレス教国のデナーリス王女。ノインツェラ皇国の——」

本当に王女様もご出席されてるんだ。

読み上げる声を聞きながら、とんでもないところに来てしまっていると改めて実感する。

フロアが見渡せる奥の玉座ではアーデンフェルド王室の方々がご歓談されてるし……。

「ミカエル王子殿下。こちらに」

付き人にうながされて王子殿下が近くを通る。

一斉に頭を下げる周囲の人たち。

少し遅れて私もあわてて頭を下げた。

すぐ傍《そば》を王子殿下が歩いて行く。

なに、この空間……。

あまりに現実感がない光景に呆然とする。

私、田舎で育ったただの庶民なんだけど、こんなところにいていいんだろうか……。

っていけない。

今は仕事中。

ガウェイン隊長も期待してくれてるんだし、しっかり警護の仕事を務めないと。

張り切ってあやしい人がいないか辺りを見回す。

しかし、疑えばどの人もあやしく見えるし、逆にあやしくなくも見えるような……。

「なかなか難しいね。これ」

隣に立つルークに言うと、

「僕がやるからいいよ。ノエルにそういうの期待してないし」

そんなことを言う。

むかっと来たので、絶対にルークより先にあやしい人を見つけてやることにした。

王宮魔術師としての仕事でもルークには負けないんだから。

ここで私が紛れ込んだ悪い人を見つけだして捕まえれば、

『さすがだなノエル！　早速結果を出すとは。お前は最高に頼れる部下だ！　ルークの二億倍は上だな！』

ガウェイン隊長は私のことを賞賛し、

『すごいわね、ノエルさん。お手柄よ。ノエルさんの実力は三番隊で一番ね。ルークくん？　彼も優秀だけどノエルさんが五十億倍上じゃないかしら』

レティシアさんや隊の先輩たちもちやほやしてくれて、

『そ、そんな、完敗だ……。僕がライバル？　いやいや、とんでもない。僕の九千億倍すごい最強の君と競うなんて僕にはとても』

ルークは私に敗北を認め、頭を垂《た》れる。

そして、世界の覇者となった私は、世界中すべての人がひざまずき、私を称える賛歌を歌う中、魔王っぽい感じでワイングラスを揺らすのだ。

「また変な妄想してるでしょ」

あきれ顔で言うルークに、

「まあまあ、ルークは親友だから特別に世界の半分をあげるよ。感謝したまえ」

と言ったら、

「はいはい」

とあきれた反応が返ってきた。

やれやれ、私の世界征服計画が進んでいることにまるで気づいてないようだねえ、ルークくん。

それじゃ、手始めにさくっと悪い人を見つけちゃいますか。

そして三十分後。

私はくらくらに疲れ切った頭を抱え、ふらふらしていた。

わかんない……。

誰があやしくて誰があやしくないのか全然わかんない……。

「慣れてないことするから」

ため息をつくルーク。

不意に先輩の一人が近づいてきて、ルークの耳元で何か言う。

「わかった。行こう、ノエル」

うながされてフロアの外に出てから、小声でルークに聞いた。

「なんだったの？」

「配置の交代だって。舞踏会が始まったら僕ら踊らないといけないでしょ。それで」

「あー、なるほど」

周囲の監視ができなくなる分、他の人がフォローをしてくれるらしい。

「それまで少し休憩していいって」

「あ、じゃあ私お手洗いに行きたいかも」

案内してもらってフロアから離れたお化粧室に行く。

「なんでこんなに遠くのお化粧室？」

「誰も使わないところじゃないと、所作《しょさ》でボロが出かねないし」

「あう……」

言うとおりすぎて何の反論もできない。

慣れないロングドレスの扱いに苦戦しつつ用を足してから、鏡の前でおかしなところがないか確認していると、ふとなつかしい匂いが鼻をついた。

柑橘系の強い香り。

ベルガモット？

いや、違うな。

この匂いは、ベルガモットを使った魔法薬の香りだ。

二角獣《バイコーン》の角の粉末、魔女草、マンドラゴラの根、魔晶石とベルガモットの実を調合して作るその薬は変身薬。

私はこの薬についてよく知っていた。

学生時代、大人のお姉さんみたいな体型になりたくてこの薬の研究をしまくっていた時期があったのだ。

って恥ずかしいから大きな声では言えないんだけど。

でも、いったいどうしてこんなところで変身薬の匂いが――

そこまで考えてはっとする。

あわてて奥の個室を覗き込む。

むせかえるような強烈な匂い。

間違いない。

誰かがここで変身薬を使ったんだ。

「ルーク、来て」

「は？　いや、僕男だから」

「変身薬が使われた形跡があるの」

ルークは真剣な顔でうなずいて中に入ると、変身薬が使われた個室を点検する。

「まだそんなに時間が経ってないね」

「私もそう思う。問題は何に変身したかだけど」

「おそらくは、会場にいる誰か」

ルークは周囲を見回すと、鍵がかかった用具入れの前で魔法を起動する。

《放電《ライトニング》》

視界を焼く閃光。

用具入れの鍵が弾け飛ぶ。

「ちょっと、ルーク!?」

「変身した相手に身動きされたら台無しだ。どこか近い場所で動けなくされてる可能性が高い」

用具入れの扉が開く。

中から転がり出てきて崩れ落ちたのは、白髭の老執事さんだった。

よかった、息はある。

眠らされてるだけみたい。

「王宮で特に信頼されてるベテラン執事の一人だね」

「でも、どうして執事さんに」

「……グラスワインを配れるからだ。中に遅効性の毒を入れれば」

「より安全に対象を暗殺することができる」

目を見合わせる。

それ以上言葉は必要なかった。

《固有時間加速《スペルブースト》》

会場へ向け地面を蹴る。

お願い。

どうか、間に合って――

《固有時間加速《スペルブースト》》で引き延ばされた時間の中を走る。

ええい、走りづらい。

邪魔だ。

ヒールを脱ぎ捨て、ドレスの裾を切って走りやすくする。

外見に気を使っている場合じゃない。

命がかかってるんだ。

ガウェインさんも言っていたけど、この会場にいる人たちの後ろには、その人を大切に思っている人がいて。

立ち直れなくなるほど傷ついてしまう人だって絶対いて。

だから、暗殺なんて絶対にさせない。

「ノエル、西側をお願い」

「わかった」

会場に跳び込む。

加速した世界の中で人の群れの間をくぐり抜ける。

美しく着飾った参加者さんたちが私を見て目を丸くしていたけど、そんなことを気にしている暇なんてない。

眠らされていた執事さんと同じ外見の犯人を捜す。

執事服は……くそ、数が多い……！

どこだ、どこにいる……？

行き交う人混みの中を、懸命に捜していたそのときだった。

「――ノエル、上！」

遠くから響くルークの声に、導かれるように顔を上げる。

フロアの上、最奥にある観覧席。

グラスワインを手渡す老執事の姿が見えた。

階段を上っていては間に合わない。

何か、何か方法は――

思いついたのはひどくバカみたいな方法。

きっと話したらみんなに笑われちゃうくらいひどくて、だけど考えている時間はないから私はそこに自分のすべてを賭ける。

失敗して大怪我をするかもしれない。

だけど、それでいい。

役立たずと捨てられて、落ち込んでいた。

そんな私の、最初の大きな仕事。

『手段を選ばず配置しておきたい程度には、今回の舞踏会でノエルの力が必要だと僕は思ってる』

反対を押し切って私を推薦してくれた。

力を貸してほしいと言ってくれた親友。

そして――

『期待してるぜ。ノエル・スプリングフィールド』

新人で何の実績もない私に期待してくれた先輩のためにも――

加速した時間の中で、私は跳ぶ。

渾身の魔法を自身の足元に放った。

《烈風砲《ウインドブラスト》》

炸裂する風の大砲。

すかさず、《魔法障壁《マジックバリア》》で四方を囲み衝撃の行き場を封鎖する。

圧縮された空気の爆発。

行き場のない空気が、私の体を押す。

吹き上げる突風。

ひらりと広がるロングスカート。

瞬間、私は空の中にいる。

周囲の景色は静止したみたいにゆっくりと見えた。

ぽかんと宙を見上げる会場の人たちの上、強烈な風を背に、空を駆ける。

視線の先で、グラスを受け取った女性がワインを口に運ぶのがスローモーションで見える。

くそ、間に合わない――

「ダメですッ!!」

全力で喉の奥から声を放った。

女性の身体がびくりとふるえ、一瞬硬直する。

突進した私は勢いそのままに、ワイングラスを押し飛ばす。

響く破砕音と飛び散る飛沫。

風魔法で体勢を整え、犯人から狙われた女性を庇《かば》うように着地する。

呆然と立ち尽くす周囲の人たちに向け、私は言った。

「その人変身薬を使った暗殺者です！」

突然飛んできた私に、近くにいた騎士さんたちはしばし目を見開いて呆然としていたけれど、やがて剣を握り直して真剣な目で言った。

「貴様！　アンダルシア様になんてことを！」

そうだ！

もっと言ってやれ！

心強い味方に、ほっと胸をなで下ろしていた私は、不意に気づく。

彼らの握った剣の切っ先が私に向いていることに。

「え？　なんで私に」

「なんでだと？　アンダルシア様に無礼を働いておいて」

いけない。

勘違いされている。

そこでようやく気づいた。

この騎士さんたちは、こちらの女性のお供をしている外国の騎士さんで、だから王宮魔術師が舞踏会に参加していることも知らないんだ。

「い、いや、違いますって！　私は王宮魔術師で――」

「嘘を吐くな！　お前みたいなちびっ子が王宮魔術師なわけがないだろう！」

「誰がちびっ子ですかっ！」
頭を抱える私の視界の端で、老執事姿の犯人が懐からナイフを取り出したのが見えた。
一瞬姿が消えたと錯覚する。
変身薬で作られた穏やかそうな見た目からは想像もできない踏み込み。
刹那《せつな》で暗殺対象の女性との間合いを詰める。
その動きだけで、目の前の敵が只者ではないのがわかった。
おそらく、暗殺者の中でも相当の凄腕。
世界の裏側、その第一線で磨き抜かれ、異能の域まで達した戦闘技術。
だけど、速さなら私だって――
《固有時間加速《スペルブースト》》
一息で騎士さんの間を突破し、老執事姿の犯人に体当たりをする。
驚愕で皺の刻まれた目が見開かれるのが見えた。
《風刃閃《エアスラッシュ》》
すかさず、風魔法を放ち追撃する。
後退し、私の攻撃をかわす老執事。
すぐに体勢を立て直すと、懐から何かを取り出して起動した。
《影を生む指輪《シャドウメイカー》》

老執事さんと同じ体軀の黒い影が、一斉に現れて私たちを取り囲む。

普通の生活を送ってきた私が知っている魔道具とはまったく違うそれはおそらく――迷宮遺物。

迷宮の奥でごく稀に見つかる強大な力を持つ魔道具だ。

現れた黒塗りの影は数十体以上。

そのすべてが、凄腕の暗殺者である所有者と同じ実力を備えているように見えた。

一斉に襲いかかってくる影たち。

――させるか。

《風刃の桜吹雪《エアレイドストーム》》

風の刃が舞う。

範囲攻撃で正面の七体を撃破する。

一撃で、その数の影がやられるとは思っていなかったのだろう。

若干浅くなった踏み込みに、すかさず右翼の四体を迎撃。

そのまま回転して魔法を放つ。

ひらめくロングスカート。

くるくると踊るようにステップを踏みながら、標的の女性を影の攻撃から守る。

期待してくれて、任せてもらえた仕事なんだ。

――絶対にここは通さない。

◆　◆　◆

男は一流の暗殺者として、裏社会では名の知られた存在だった。

ただの一度もミスはなく、ただの一度の敗北もない。

そんな彼にとって、突如飛んできた小柄な少女はまったく想定していない異常事態に他ならなかった。

手渡した毒入りのワイングラスを突き飛ばし、自身の変身薬による擬態を見抜いたドレス姿の少女。

「貴様！　アンダルシア様になんてことを！」

近くにいた警護の騎士が、彼女に剣を向けたのは幸運だった。

目の前に転がってきた絶好の機会。

一瞬で距離を詰める。

回避不可能な必殺の間合い。

しかし、次の瞬間彼は経験したことのない衝撃を体験することになる。

（――――!?）

少女の踏み込みは自身のそれよりもさらに速かったのだ。

なんとか追撃をかわすことはできたが、しかしその速さは経験豊富な彼も未知の領域だった。

（いったい何者……）

わからないことばかりだが、しかし明確にわかることもある。

それは、目の前の彼女が自身の常識を超えた存在だということ。

（あれを使うしかない）

彼の判断は早かった。

緊急事態に備え、用意していた切り札を起動する。

《影を生む指輪《シャドウメイカー》》

それは強大な力を持つ迷宮遺物の中でも、さらにひとつ次元の違う存在だった。

——特級遺物。

都市ひとつ、国ひとつさえ買えるような額で取引される規格外の遺物。

所有者と同じ力を持つ漆黒の影を召喚する指輪。

最大で同時に七十体。

撃破されても無尽蔵に新たな影を召喚できるこの魔道具は、対個人での戦闘では圧倒的な力を持つ。

七十対一。

それも、永遠に尽きることのない無限に現れる影を相手に戦わなければならないのだ。

凄腕の魔法使いのようだが、しかしこの指輪の前には無力。

殺到する影を前に、少女は為す術無く蹂躙されフロアに横たわることになるだろう。

そう思っていた。

（バカな……特級遺物を相手に……）

そこにあったのは均衡。

圧倒的物量で殺到する影を前に、少女は驚異的な速度で範囲攻撃を放ち、近づくことを許さない。

いったいどれだけの力があれば、こんな芸当ができるのか。

魔法の専門知識を持たない彼にとって、その少女の強さはもはや推し量ることさえ叶わない領域まで到達している。

（なんだ……なんなんだ、これは……）

男の首筋には、経験したことのない冷たい汗が伝っている。

◇　◇　◇

殺到する影との戦闘は、熾烈なものになった。

何せ、あまりにも数が多すぎる。

どれだけ撃破しても再生し向かってくる影の群れ。

その上、一体一体が驚異的な個人能力を持つ一線級の相手なのだ。
ついていくだけで精一杯。
なんとか作り出した均衡を懸命に維持する。
しかし、決定的な差となったのは疲労の有無だった。
魔力にも集中力にも限界がある私に対し、迷宮遺物は消耗することがない。
溜まっていく疲労。
互角だった戦況が傾き始める。
絶対に近づけさせない。
そう思っていたのに、次第に押し込まれ始める。
「ぐっ」
詰まり始める距離。
無限に再生する影の群れはその勢いを増すばかり。
限界が少しずつ近づいてくるのがわかる。
耐えないと……耐えないといけないのに……！
しかし世界は残酷に、影の群れを止められないという現実を私に突きつけてくる。
ダメだ、持たない――！
背後からの踏み込み。

すかさず反転し、放つ風の刃。
二体を倒すがとても追いつかない。
跳び込んできた影の群れの凶刃は、標的の女性に向け閃《ひらめ》いて——

《奔る閃光と轟雷《ライトニングブリッツ》》

瞬間、炸裂したのは視界を焼く閃光だった。
疾駆する稲妻。
大地を揺らす雷轟。
空気に混じる焼け焦げた匂い。
影の群れは跡形もなく消失している。
その圧倒的な速さと火力に、敵がたじろぐのが空気感でわかった。
誰かが私のすぐ後ろに並び立つ。
視線を向ける必要はなかった。
見なくてもわかる。
だってそこにいるそいつのことを、ずっと近くで見てきたから。
——ルーク・ヴァルトシュタイン。

その優秀さを、私は誰よりも知っている。

「ごめん、遅くなった」

「いいよ。間に合ったから許す」

学院時代ずっと一緒に競い合った親友。

背中を合わせるように立ったその姿が、本当に心強い。

「背中は預けたから。フォローして」

「了解。そっちは任せた」

二人、背中を合わせて取り囲む影と向かい合う。

《風刃の桜吹雪《エアレイドストーム》》

《奔る閃光と轟雷《ライトニングブリッツ》》

息を合わせての連係攻撃。

炸裂する暴風と雷轟。

もう近づくことさえさせなかった。

距離を維持することさえできずに後退する影の群れ。

放たれる二つの魔法は、無限に生み出される影の再生速度を圧倒している。

自分の中に生まれた確信に、自然と口角が上がっていた。

——黒い影が何体いたところで、私たち二人の方がずっと強い。

もはや勝機はないと判断したのだろう。
執事姿の犯人は影と共に身を反転させ、外へ逃げようとする。
しかし、私は知っていた。
私とルークでこれだけ時間を稼いだのだ。
あとは優秀な先輩たちがなんとかしてくれる。
瞬間、炸裂したのは業火の一薙ぎ。
「よくやった。最高の仕事だ、ノエル・スプリングフィールド」
影の群れを一瞬で蒸発させ、敵との間合いを詰めるガウェインさんと、
「あなたがいてよかった」
クールな横顔で追撃するレティシアさん。
決着がつくまでさして時間はかからなかった。
迷宮遺物が無力化され、取り押さえられた犯人の姿に私はほっと胸をなで下ろす。
「お見事。お手柄だね」
ルークが微笑む。
二人でやった最初の大きな仕事。
背中を合わせて戦った充実感。
ただの学生だった私たちは今、王宮魔術師として活躍してる。

『やってやった！』って気持ちで胸の中がいっぱいだった。

あと、一番に駆け寄ってきてくれたのはちょっとうれしかったけど。

本当は結構うれしかったけど。

でも、そんなことは照れくさいから絶対に言ってやらない。

「ルーク」

ただ、手のひらをさしだした。

目配せをすると、ルークはうなずいて軽く手を打ち合わせる。

喧噪《けんそう》の中で軽く響いたハイタッチの音。

それはきっと私たちにしか聞こえないくらいに小さくて、だからこそ親友って感じがして、なんだかすごくよかったんだ。


そして、舞踏会で暗殺者を撃退した数時間後、

「本当にありがとうございました。助けていただいて、なんとお礼を言っていいか」

感謝してくださるその姿を、私は呆然と見つめることになった。

警護の騎士を引き連れたドレス姿の女性。

落ち着いた振る舞いと、思わず見とれてしまう美しい所作。

どうやら私が助けたのは隣国ノインツェラ皇国の皇妃様だったらしい。

違う……。

高貴すぎて魂のレベルが全然違う気がする。

わ、私がお話ししていいような相手ではないのでは……。

「私にできることならなんでもさせてください。あなたは命の恩人です」

あまりにありがたい言葉に卒倒しそうになる。

と、とにかくなんとか失礼なくこの場をやり過ごさなければ！

「いいえ。アーデンフェルドの王宮魔術師として当然のことをしただけですから」

思いついた中で、一番ちゃんとしてる風に見えそうな対応で返す。

ただただ必死だったけど、一応王宮魔術師として恥ずかしくない振る舞いができたんじゃないだろうか。

「おねーちゃん、かっこよかった！」

小さな皇太子殿下もそう言ってくれたし。

だけどルークが後から言った言葉に、私は自身の振る舞いを思いきり後悔することになった。

「何かもらっておけばよかったのに。王宮魔術師の規定としてもらってはいけないって決まりはないし」

お礼の品、もらってよかったんだ……。

おいしい霜降りお肉一年分とかもらっておけばよかった……。

がっくり肩を落とす私に、ルークはくすくすと笑う。

ムカつくので肩をパンチしてやった。

そういうことは先に言ってほしかったよ、意地悪。

でも、もらったものは他にもたくさんある。

私が隣国の皇妃様を守ったことをみんなすごく褒めてくれて。

「助けられたわ。ありがとう。あなたのおかげね」

大好きなレティシアさんにそう言ってもらえて、私はしあわせでいっぱいだった。

「レティシアさん、ほんとかっこいいよねえ。素敵だよねえ」

「……なんで一緒にいろいろやった僕じゃなくてそっちなのかな、ほんと」

「ん？　なんか言った？」

「なんでもない」

相変わらずルークの言葉にはよくわからない部分もあったけど。

でも、大好きな魔法が使える仕事に、よくしてくれる先輩たちと親友。

こんなにたくさんのものをもらってるのだ。

これ以上は、きっと欲張りすぎだよね。

ただ、ひとつだけ残念だったのは結局練習したダンスを踊れなかったこと。

あんな大事件の後で舞踏会を再開するのは無理だったようで、そのまま緋薔薇の舞踏会は中止になってしまったのだ。

ルークに恥をかかせずに済んだのはよかったけど。

でも、折角だしちょっとは踊ってみたかったな。

こっそり練習してルークを驚かせる準備もしてたのに。

少し残念に思いながら夜の庭園を歩く。

事件の関係者ということで王立騎士団の事情聴取を受けていた私たち。

すっかり帰るのが遅れ、今はもう真夜中。

辺りに人の気配はなく王宮は眠りに落ちているみたいに静かだった。

夜の大庭園に二人きり。

まるで世界に私たちだけしかいないみたい。

不意に思いついて、私は言った。

「ねえねえ、ちょっと踊ってみない？」

「なに、いきなり」

「誰もいない真夜中の大庭園で踊るのってなんだか素敵だなって」

「…………」

なにバカなことを言ってんの、とあきれられるかなと思った。

だけどルークは少しの間黙ってから真面目な顔で言った。

「いいよ。君がやりたいなら」

「よし、決まり！」

私は芝生の上に駆け出して、ルークに振り返る。

「さあ、来い！」

「ムードとかそういう概念君にはないの？」

「ムード？」

「ないよね。ごめん、知ってた」

苦笑いするルーク。

「こればかりは期待した僕が間違ってた、か」

ため息をついてからにっこりと微笑む。

「やろっか」

向かい合い、手を取り合って踊る二人きりのワルツ。

昨夜練習したステップをばっちり決めると、

「あれ、うまくなってる」

サファイアブルーの瞳が揺れて、私は目を細める。

ルークに手を引かれてばかりなのは悔しいからね。

隣に立って、『負けないぞ！』って競い合える。

少しでもそういう私でいたいんだ。
誰も知らない夜の庭園でワルツを踊る。
頭上では金色の月が輝いていた。

◇　◇　◇

一番でなければお前に生きている価値はない。
父は僕にいつもそう言っていた。
多分物心つく前からだったと思う。
その言葉は、僕の隣にいつもいた。
影のように、ぴったりくっついていた。
一番にならないと、父に認めてもらえない。
あの頃の僕はずっとそのことを恐れていたように思う。
誰よりも優れていなければいけない。
僕は何かに追い立てられるように一番を目指した。
人は僕を天才と呼ぶ。
だけど、本当はそうじゃない。

ただ、膨大な量の準備と努力を積み上げただけのことだ。
僕は常に一番だった。
神童と呼ばれてちょっとした有名人だったし、人にうらやまれることも多かった。
『ルークはほんとすげえよなぁ。めちゃくちゃ恵まれてんじゃん、才能に』
『家柄も良いし、顔も良い。何より魔法の才能が人智を超えてる』
『お前みたいになりたかったよ、俺も』
そうした周囲の評価は、いくらか僕を慰《なぐさ》めてくれた。
『そうだ。それでいい』
父の言葉がうれしくて。
厳しい父に認めてもらえる自分はきっと特別な存在で。
だから、絶対に負けてはいけない。
一番でない僕には何の価値もないから。
王都の名門魔術学院に首席で合格した。
順風満帆。
誰もが羨む完璧な人生。
しかし最初の定期試験で、僕は人生で最も衝撃的な出来事を経験することになる。
魔法式構造学基礎のテストで、初めて一番を逃したのだ。

怒りと恐怖で目の前が真っ白になった。

公爵家嫡男として。

そして非の打ち所がない完璧な優等生としてのあるべき振る舞いも完全に忘れ、僕は言っていた。

『とんでもないことをしてくれたな、お前……！　平民風情が、この僕に勝つなんて……！』

それが変な平民女との出会いだった。


自分が何を考えてそんなことを言ったのか今はもうまったく覚えていない。

ヴァルトシュタイン家の人間である僕が脅せば、平民女が怯《ひる》むという計算があったのかもしれないし、あるいは何の計算もない衝動そのままの言葉だったのかもしれない。

いや、計算高い僕のことだから、前者の意識が多少はあっただろう。

だけど僕は知らなかった。

その平民女が、公爵家の名前に屈するような相手ではなかったということを。

『誰が平民風情よ！　私はお母さんが女手ひとつで一生懸命働いてくれてこの学校に通えているの！　そのことを誇りに思っているし、公爵家だろうがなんだろうが知ったことじゃない！　あんたなんか百回でも千回でもボコボコにしてやるわ！』

おそらく、僕は火に油を注いでしまったのだろう。

だが、だからと言って怯む僕ではない。

上等だ。

真正面から徹底的に叩きつぶしてやる。

たった一度まぐれで勝っただけ。

地力なら僕の方が上に決まっている。

ところが、そんな僕の予想はまたもや裏切られることになった。

『ふふん！　見たか、えらぶりおぼっちゃまめ！』

次のテストで、僕は二つの科目で彼女に負けたのだ。

『この調子で全部勝って次は完全勝利してやるんだから！　首を洗って待っていることね！』

全身が沸騰しそうだった。

彼女への怒り以上に、負けてしまった自分が許せなかった。

僕は全力でテスト勉強に励んだ。

あんないけ好かない平民女に負けてたまるか……！

季節が過ぎていく。

気がつくと、僕の生活は彼女を中心に回っていた。

三年が過ぎて、僕は未だに全科目で同時に一番を取ることができずにいた。

それどころか、過半数の科目で彼女に負けることさえ少なくない有様。

『この歳でここまで優秀な生徒は見たことがない』と教師たちは目を丸くしていたけど、僕の心にあるのは渇きだけだった。

一番にならないと僕に生きている価値はないのに。

勝たないと。

絶対に勝たないといけないのに。

だけど、そんなある日事件が起きる。

父の浮気が発覚し、家の中が激しく荒れたのだ。

母を泣かせておいて身勝手な自己正当化を続ける父を、僕は心の底から軽蔑した。

こんな人に認められようとがんばっていたのか。

そう思うと、世界の見え方がまったく変わってしまった。

自分をすり減らして今日まで懸命に努力して。

だけど全然満たされなくて。

この世で自分が一番不幸なんじゃないかとさえ思えるくらいで。

これだけがんばってもこんなに空しいなら、生きている意味なんてあるんだろうか。

そんな物思いに沈んでいたときのことだった。

『ごめん、あんたにだけは絶対に聞きたくないと思ってたけどどうしてもわからないところがあって』

断る理由もなかったので教えてやった。

すると、どういうわけか平民女は何かと僕に寄ってくるようになった。

面倒だったから適当に相手をしていた。

そんな日々の中で、不意に平民女が言った。

『あんたって涼しい顔でやってそうに見えて結構努力家だよねぇ』

『なに、いきなり』

『いや、教え方ににじみ出てるもん。わからない人に対する理解度がすごいし。最初からできたんじゃなくて、できるまでやってる人なんだなって』

『悪かったな、不器用で』

僕はその言葉を否定として受け取った。

簡単に一番になれる理想の自分。

父が望む自分。

そうなれなかった僕への否定だと。

だけど、平民女は言った。

『私はそういうあんた、良いと思うよ。ライバルとして一緒に競い合うなら、ちゃんとがんばってる人の方がずっといい。私もやらなきゃって勇気をもらえるから』

夕暮れの日差しが射し込む教室。

にっと目を細めるその笑みをなぜか僕は今でも覚えている。

『つらいこともあるかもだけど、元気出せ。一緒にがんばろう、ルーク・ヴァルトシュタイン』


それからのことは正直あまり話したくない。

ひどく月並みでどこにでもあるような話だ。

何かと寄ってくる平民女を気づいたら目で追っている自分がいて。

そんなことあるわけないと否定して。

なんであんな平民女なんか、って思おうとして。

思えなくて。

気づいたら、どうしようもなく好きになっていた。

そんなありきたりでつまらない話。

一緒にいられるだけで幸せだった。

『よっ、元気？』って肩をたたかれただけでうれしくなってしまって。

だけど、悔しいし絶対に気づかれたくないから、意識していないふりをする。

そもそも、僕は公爵家の人間で彼女は平民なのだ。

結婚なんて認められるはずがないし、だから思いを伝えても最後に待つのは悲しい結末だけ。

たとえ思いが通じても、最後には別れの時が来てしまう。

何より、僕のわがままで彼女を傷つけるのが嫌だった。

僕は彼女に幸せでいてほしくて。

僕の望み以上に、そっちの方が僕にとっては重要だから。

あきらめないといけない。

そうわかっていたはずなのに。

――結局、ここまでしちゃうんだから本当に愚かだよな、僕は。

最速で聖金級《アダマンタイト》に昇格して、反対の声がある中強行で相棒《バディ》として彼女を連れてきて。

一緒に過ごせる時間を作って、彼女が気づいてくれないかな、なんて少し期待しながら、
もし奇跡が起きて彼女が受け入れてくれたときのためにって、結婚を認めさせる準備までしてる。

何より、ここまでいろいろしておきながら、
彼女が気づかず友人として隣に居続けられるなら、一生このままでも幸せなんじゃないかなんて思っているのだから。

本当にどうしようもない愚か者だ。

心の底から、そう思わずにはいられない。

(仕方ないだろ。どんな形でもいい。傍にいたいと思ってしまってるんだから)

絶対にあきらめたくないたったひとつ。

「さあ、来い！」

ムードもへったくれもない言葉に誘われて夜の庭園で彼女と踊った。

彼女は僕を友達としか思ってなくて。

ここまでずっとそうなのだから、もう恋愛対象として見てもらえるタイミングはとうに過ぎているのかもしれなくて。

だから、この恋は決して報われることはないのかもしれない。

それでも、期待せずにはいられないんだ。

いつか、君も僕のことを思ってくれる。

そんな日が来たらいいなって。

満月の下、君と踊る。

僕は君に恋をしている。

◆　◆　◆

その日、副ギルド長はギルド長と共に侯爵様との商談に臨んでいた。

何度も洗面所に行き、鏡で身だしなみを入念に確認する。

絶対に失敗は許されない。

なぜなら今日の商談には、王国貴族社会の頂点に立つ一人——アーサー・オズワルド大公殿下まで出席されるという話なのだ。

「落ち着け。何を怯えている。この小心者が」

「申し訳ありません。しかし、侯爵様だけでなくオズワルド様というのは」

生涯を通して関わる機会があるとは夢にも思わなかった大貴族。

気に入られれば、一瞬で人生が変わってしまう可能性さえある。

しかし同時に、機嫌を損ねればどれだけの不利益を被ることになるかわからない。

（絶対にこの商談は成功させなければ……！）

意気込む副ギルド長。

深呼吸し心を落ち着かせてから、気になっていたことをギルド長に言う。

「しかし、なぜオズワルド様まで出席されることになったのでしょう」

当初、この商談に大公殿下が出席する予定は無かった。

にもかかわらず、前日になって急遽出席が決まったのだ。

「さあな。だが、絶対に深追いはするなよ。関係を持っているそれだけで、王国の中でどれだけのアドバンテージになるか。たとえ商談をなかったことにしたいと言われても穏やかに微笑んで受け入れろ。最優先は関係を悪くしないことだ」

「わかっています」

オズワルド商会は、一流の相手としか取引をしないことで知られている。

たとえ今回取引がなくなったとしても、オズワルド商会が興味を持ったという事実。

それだけでギルドの製品への評価は間違いなく跳ね上がる。

興味を持っていただけた。

その時点で成功は目の前にあるも同然なのだ。

応接室で待っていた二人は、外から聞こえた物音に立ち上がると入ってきた人物に深々と礼をする。

「すまない。待たせてしまって」

「いえ、とんでもございません。お話しする機会を作っていただいて本当にありがとうございます」

商談が始まる。

和やかな世間話の後、発せられた侯爵様の言葉に、副ギルド長は心臓が飛びだしそうになった。

「オズワルド商会で取り扱っていただけると正式に決定したのですか……」

声にならない声。

オズワルド大公はうなずいてから言う。

「あなたたちが作る水晶玉は本当に素晴らしいとうちの商人たちも皆口を揃えて言っておりまして。是非前倒しで取引を始めたいと会議で決まったんです」

「ありがとうございます……！　本当にありがとうございます……!!」

その言葉が西部辺境の魔道具師ギルドにとってどれだけ大きなものか。

相手は王国一の大商会を所有する大貴族なのだ。

（本当に王国屈指の魔道具師ギルドになれる……！　収益が倍どころでは済まないぞ……！）

「つきましては、早速うちの商会で取り扱う製品も発注したいと思っています。数量はこの程度なのですが納期的にはいつ頃になりますか？」

「この量でしたら問題ありません。二週間あればお出しできます」

ギルド長の言葉に、大公は瞳を揺らした。

「本当に大丈夫ですか？　この量を二週間というのはなかなか簡単なことではないと思いますが」

「我々は妥協なく現場の効率化に努めております。これくらいの量はいつも作っておりますので」

「うちの商会は信用を第一にしています。高い品質と、優れたサービス。そこには期日までに必ず商品を届けることも含まれています。絶対に遅れることは許されない。そういう意識を持って動いてもらいたい。その原則を厳守していただくためにも、余裕を持った納期で職人さんたちにはお願いしたいのです。無理をさせては良い魔道具は作れないと思いますしね」

オズワルド大公は念を押すように言う。

「それを踏まえて、何があっても必ず守れる納期を教えていただきたい。いつになりますか？」

「二週間後で問題ありません」

ギルド長は自信に満ちた表情で言った。

「我々のギルドにおいて、その数量が間に合わないということは絶対にありえない。そう断言できます」


「うまくいったな」

「はい。望外の結果でした。まさか取引を始めていただけるとは」

商談の帰り道、二人は声を弾ませて話をする。

「しかし、納期は大丈夫でしょうか？　魔道具師たちに無断で決めてしまいましたが」

「仕事を取ってくるのが我々の仕事だ。間に合わせるのは連中の仕事だろう。それに、あの数量なら問題ない。役立たずの女でもあの程度の量は数日でこなしていたからな」

「最初の仕事は今後関係を構築していく上でも印象に残りやすい。素早い納品ができるに越したことはないですもんね」

「そういうことだ」

うなずくギルド長。

「現場に伝えてこい。わかったな」

「はい。承知しました」

ギルド長と別れてから、副ギルド長は工房に向かう。

「おい、やっているかお前たち」

魔道具師たちは、いつもに比べ疲弊しているように見えた。

目には厚い隈ができ、動きのひとつひとつが鈍い。

今まではいくら無理をさせても、こんなことにはならなかったはずなのだが。

(さすがに人手を減らしすぎたか？)

一抹の不安を感じつつ、現場主任に作業の進捗を確認する副ギルド長。

「こちらが第三工程まで完了済みのもの。その奥が出荷可能な製品です」

報告の後、副ギルド長はひどく困惑して言った。

「これだけ……？」


目の前の光景にしばしの間呆然としてから、副ギルド長は机を叩いた。

「どういうことだお前……！　どうしてこれだけしかできていない！」

部屋に怒声が響く。

「水晶玉なんて見てみろ！　壊滅的だぞ壊滅的！　誰の仕事だ！　担当してるやつを連れてこい！」

現場主任に呼ばれ、一人の魔道具師がやってくる。

「申し訳ありません……」

「謝って済む問題ではない！　君はいったい何をしていたんだ！　水晶玉作りもろくにできないと

は！　君のような無能を雇うこちらの身になってほしいよ！　まさか、あの嘘つき女以上の無能がいたとは！」

目を剝いて激昂する副ギルド長。

「失礼ながら、その者に責任はないと思いますが」

口を挟んだのは現場主任だった。

「なんだと……？」

怒りに声をふるわせ、副ギルド長は言う。

「じゃあ、君は誰の責任だと言うんだ」

「現場の責任者である私。そして、工房の人員管理を行っているお二方です」

「よく言えたな、貴様……！　そうだよ、君がしっかり管理していないからこんなことになっているんだろう！　どう責任を取ってくれる！」

「私に責任の一端があるのは認めます。しかし、貴方にも同様に責任はあるのではないかと申し上げております」

「自分の無能を棚に上げ、私が悪いと言うのか君は！　まったく、信じられない愚か者だ！　できないと言うだけなら子供でもできる！　工夫し、知恵を絞り、できるようにするのが君の仕事だろう！　そんな当たり前のことも理解できないのか！」

響く怒鳴り声。

しかし、次の瞬間響いたのはさらに大きな怒りの声だった。

「貴方が何もわかっていないからもう手の施しようがない状況になってると言っているんでしょうがッ!!」

それは、副ギルド長が初めて経験する部下からの気迫に満ちた叱責《しっせき》だった。

「き、君！　上司になんてことを言うんだね！」

「言わないとわからないから申し上げているんです。現場をまるで理解していない貴方たちのせいでこの工房は無茶苦茶だ！」

「く、クビだ！　クビにするからな！」

「いいですよ。どうぞお好きに。元々そのつもりですので」

「え？」

現場主任が懐から出したのは、退職届だった。

それも一枚や二枚ではない。

封書の束は、ギルドで働く魔道具師全員分あった。

「な、なんだこれは」

「辞めさせてもらうと言ってるんです。本当はもっと早くこうするつもりだったんだ。でも、あの子があまりにもがんばっているから」

「あの子？」

「貴方が役立たずとクビにした小さな魔道具師ですよ。遅れている仕事を率先して引き受け、納期に間に合うよう補助魔法や回復魔法まで。我々はあんたたちが怖いから従ってたんじゃない。あの子のがんばりにほだされてここに残ってたんだ」

現場主任の言葉が、副ギルド長には理解できない。

あの役立たずの嘘つき女がそこまでの仕事をしていた……？

バカな……そんなはずは……。

しかし、考えている時間は無い。

積み上がった膨大な量の仕事。

その納入期限はこうしている今も着実に迫っている。

(侯爵様とオズワルド商会に納入する水晶玉にいたってはほとんど用意できていない……絶対にここで辞められるわけにはには……！)

追い詰められた副ギルド長は、初めて部下に頭を下げた。

「す、すまなかった。我々にも責任の一端があったことは認める。だから、頼む。せめて今残っている仕事だけでも……」

「なに、大丈夫ですよ。我々のことを無能だといつもおっしゃっていたではありませんか。優秀なみなさんなら、私たちの手なんて借りなくても問題なんてあるわけない。そうですよね」

現場主任と魔道具師はにっこり微笑んで言った。

「今までお世話になりました。それでは」


とんでもないことになってしまった。

魔道具師たちの引き留めに失敗した副ギルド長は、ギルド長の家に走った。

「開けてください！　大変なことになってしまいまして！」

「なんだ、騒々しい」

うんざりとした様子で言うギルド長。

報告を聞き、

「なん、だと……」

とワイングラスを落とす。

「職人風情が私にさからうとは……！　いまいましい……！」

「いかがいたしましょう……このままでは業務に支障が……」

「他の魔道具師ギルドに、余剰人員を寄こせと伝えろ。とにかく必要なだけかき集めるんだ。手が動かせれば未経験でも構わん」

「しょ、承知しました」

伝手をたどって各所に連絡をする副ギルド長。

「身勝手な職人たちが辞めてしまいまして、少し援助をお願いしたいのです」

しかし、業績が良いことにあぐらをかき、近隣のギルドに威張り散らしていたのが災いした。

要請を受けてくれるギルドは一向に現れない。

「どうしますか……このままでは納期が……」

「他のギルドから完成品を仕入れろ。サインだけ変えて横流ししてごまかせ」

「しかし、それは問題になるのでは」

「バレないようにやればいい。たとえ取引を打ち切られてもどうにでもなる。オズワルド様と侯爵様からの仕事さえあれば」

「そうですね。水晶玉だけ我々で作れば」

「あんな役立たずでも作れたのだ。我々にできないはずがない」

作業に取りかかる二人。

しかし、想像以上に作業が進まない。

「今、何分経った」

「二時間です」

「二時間……!?　それだけかけてこれだけか？」

「申し訳ありません。しかし、思った以上に製作が難しく……」

副ギルド長は頭を下げて言う。

「ギルド長はいくつ作れましたか？」

「……黙って作業を続けろ」

日が暮れ、真夜中になっても二人の仕事は終わらない。

「寝るなよ。寝たら殺すぞ。絶対に間に合わせなければならないんだ」

「わかっています。間に合わなければどんなことになるか」

懸命に作業をする二人。

しかし、慣れてきたにもかかわらずまるで仕事が進まない。

（おかしい。ひとつ作るだけでこれだけ時間がかかるんだぞ。いったいどうすれば一日であれだけの数量を……）

疑問に感じていたのはギルド長も同じだったのだろう。

「あの小娘は本当に一人であの量を毎日作っていたのか？」

問いかけに副ギルド長はうなずく。

「そのはずです。担当は彼女一人でした」

「本当に一人でか？　他の者に手伝わせてはいないんだな」

「はい。それどころか、進捗が遅れている他の者の仕事を手伝っていたという話も」

「………」

黙り込むギルド長。

副ギルド長は、現場主任の言葉を思いだして彼に伝えた。

『遅れている仕事を率先して引き受け、納期に間に合うよう補助魔法や回復魔法まで――』

「補助魔法や回復魔法……たしかにそんなことは言っていたな」

「ええ。そんな高度な魔法が辺境の下っ端魔道具師に使えるわけがないとは思うのですが」

「だが、実際にその類《たぐ》いの魔法が使えなければこの数量の仕事ができるとは思えない。あの小娘はたしか、王都の名門魔術学院を出たと言っていた」

「ええ。聞く価値のない戯言です」

「だが、もしそれが真実なのだとしたら」

「まさか……」

声をふるわせて言う副ギルド長。

それはにわかには信じがたい、普段の彼ならありうるはずがないと一蹴するような可能性。

しかし、今置かれている状況がすべて、その一点に集約されていくのを彼は感じていた。

魔道具師たちが言っていたように、彼女が一人で現場を支えていたとしたら。

他のギルドに比べはるかに高かった生産効率と利益率が彼女の力によってもたらされていたのだとしたら。

自分たちはとんでもない過ちを犯してしまったのではないか。

後ずさり、へたりこむ副ギルド長。

ギルド長は机を激しく叩き、言った。

「探せ！　どんな手を使ってもいい！　あの小娘を連れ戻せ！」

第4章　魔法薬研究班

朝、予定通りの時間に起きた私は、着替えをして出勤の準備をする。
小さい頃から憧れていた王宮魔術師団の制服。
揺れる白磁の懐中時計。
鏡に映った自分に目を細めてから、母を起こさないよう気をつけつつ玄関へ。
いつも使ってるブーツに履き替えて外へ出る。
ひんやりとした空気。
透き通った光が夜の尻尾を彼方へ追いやっていく。
煉瓦造りの街路。
花壇で揺れる鈴蘭とマリーゴールド。
途中にあるパン屋さんに立ち寄るのも最近の日課だ。
香ばしい匂いに頬をゆるめつつ、朝ご飯を選んでいると店主さんが言った。
「ノエルちゃん、今日も早いね」

「いえいえ、前の職場に比べれば全然なので」

そもそも、家に帰ることができなかったからな。

それに比べれば、これくらいの時間は早い内に入らない。

「お願いします」

パンを載せたトレイを店主さんに差しだす。

店主さんはにっこり微笑んで個数と代金の計算をしてくれた。

「クリームパン三個、ジャムパン二個、メロンパン四個にクロワッサン七個と――」

焼きたてのパンを頬張りつつ、王宮へ。

守衛の騎士さんに挨拶してから、美しい庭園を抜けて王宮魔術師団本部の建物に入る。

今日も一番乗りかな、と思いつつ扉を開けた私は、そこにいた人物に「げっ」と固まることになった。

手元の本から顔を上げたその人はサファイアブルーの目を細めて言う。

「おはよう、ノエル」

「あ、いや、これはたまたま出勤時間を間違えたと言いますか」

「そっか、たまたまなんだ。このところ毎日だけどたまたま」

「わ、私ほら、興味ないこと覚えるのちょっと苦手だからさ、うん」

「ふーん。じゃあ、昨日僕が勤務時間外に勝手に働かないようにって注意したのももう覚えてないわけだね」

「…………」

怖い。

詰め方が怖いです、ルーク先輩。

「ごめんなさい！　いつも通り『クビにならないために雑用して同情を買う作戦』しようと思ってました！」

「うん。正直でよろしい」

ルークはテーブルの紅茶を一口飲んでから言う。

「やる気があるのは良いことだけど、上官の指示に従えないのはダメだよね」

「いや、でもがんばろうとしてる結果なのでそこは見逃してもらえるとありがたいなぁ、なんて」

「却下。この時間から働きたいならその分早めに帰ってもらうから。今日もそうなるからそのつもりで」

くそ、職場がホワイト過ぎて悩まされることがあるなんて……！

早く片付けなきゃ、とあわてていつもやってる雑用の仕事をこなしていく。

「別に、そんなことしなくてもいいのに」

ルークはそう言ってくれるけど、その見方は甘すぎると言わざるを得ない。

地方の魔道具師ギルドで役立たず扱いされていた、仕事が全然できない私なのだから。

王宮魔術師として雇い続けてもらうには、そんな自分でも許してもらえるくらいの貢献をして、職場の人たちに必要だと言ってもらえるようにならないといけない。

隣国の皇妃様を助けたことでひとつ実績はできたとは言え、まだまだ油断することはできないのだ。

そう話すとルークは、「また鈍感してる……」とため息をついていたけど。

ともあれ、朝の時間に新人が担当する雑用のお仕事をこなす。

「ノエルちゃん、今日もやっておいてくれたの？　私たちでやるからいいって言ったのに」

始業前に今日の分を終わらせた私に、先輩は目を丸くして言った。

「私にはこれくらいしかできないので」

「ほんと仕事早いよね、ノエルちゃん。すごいなぁ」

「いやいや、そんなそんな」

褒めてくれる先輩に思わずにへら、となってしまう。

本当に褒めるのが上手なんだよね、三番隊の先輩たちって。

『もう終わったの!?』なんてびっくりしたリアクションまでしてくれて。

私が雑用をがんばっているのも、そんな先輩たちの反応が見たくてやっているところもある。

「本当はがんばりすぎるのもよくないよって注意しないといけないのかもしれないけど、ここまで完璧な仕事をされると感嘆が先に来るというか」

先輩は微笑んで言う。

「すごく助かってる。ありがとね」

感謝の言葉をくれたり、お礼にお昼ご飯を奢ってくれたり。

その分先輩からもいろいろなものをもらっていて。

どんなにがんばっても全然評価してもらえなかった前の職場を知っているから、ついついもっとがんばりたくなっちゃうんだ。

この人たちと同じ職場でずっと働きたいなって。

私には欲張りすぎる願いかもしれないけど。

でも、可能性はきっとある。

張り切る私に、先輩は言った。

「でも、少し残念。こんな風にノエルちゃんが私たちの仕事を手伝ってくれるのも多分今日が最後だから」

「え……今日が最後……？」

恐ろしすぎる言葉に、私の背筋は凍りつく。

「もしかして、クビですか？」

何かやってしまっただろうか。

まさか、勝手に時間外に働いたことが問題に……？

どうしようと怯える私に、

「そんなわけないでしょ。その逆」

先輩はにっこり笑って言った。

「昇格だよ、ノエルちゃん。隊長が部屋まで来てって」


昇格。

その言葉の意味が私にはよくわからなかった。

いったい何が昇格するんだろう？

まさか、王宮魔術師としての階級じゃあるまいし。

「お前、今日から翠玉級な」

そう思っていた私は、ガウェイン隊長の言葉に絶句することになった。

「え……えっと……」

「ほれ、新しい懐中時計」

翠玉――エメラルドがあしらわれた懐中時計を渡される。

「なにキョロキョロしてんだよ」

「いえ、こうドッキリ大成功みたいな感じで誰か出てくる感じかな、と」

「んなわけねえだろ。誰がするか、そんなつまらねえこと」

「でも、翠玉って二つ上がってますし」

「二つ上がったんだよ。それだけの仕事をしたってことだ」

「ま、マジですか……」

上に上がれば上がるほど難易度が上がり、人数も少なくなっていく王宮魔術師の階級。

合計で千人近くいる王宮魔術師だけど、その半数以上が白磁級と黒曜級だ。

翠玉級ということは、人数だけで言うと上位半分に入ってしまう階級になる。

王宮魔術師の階級ってそんな簡単に上がるものじゃないはずなのに。

二階級特進って相当すごいやつでは……。

まったく現実感がなくて呆然とする私に、ガウェイン隊長は言う。

「皇国の皇妃殿下も相当お前のことを褒めてたらしいぞ。魔法使いの誉《ほま》れだとまで言ってたそうだ」

「きょ、恐縮です」

そんな立派なものではないんだけどな。

粗相をしてはいけないとびびりまくった結果、お礼の品を断って、

『いいえ。アーデンフェルドの王宮魔術師として当然のことをしただけですから』

みたいなことを言ったのが、逆に好印象だったのかもしれない。

ただの平凡な一庶民の私なのに、なんだかとんでもないことになってしまっているような……。

「隊の連中もお前のこと気に入ってるみたいだしな。素行的にも問題なし。下っ端生活脱出だな、おめでとう」

「あ、でも雑用のお仕事も好きなのでそこは全然そのままでも」

「勤務時間内なら好きにしていいぞ。勤務時間内なら、な」

「う……」

「言っとくけど全部バレてるからな。うちの副隊長はそういうの見落とさないんだよ」

さすがレティシアさん。

バレずにできてると思ってたんだけどな。

「やる気があるのはいいが無理はしないようにな。時間外手当ては出しといてやるから」

「いやいや、私が勝手にやったことなので」

「がんばっているやつには相応の対価を払うのがうちの隊の方針だ。やらせちまった管理側の責任もある」

ガウェイン隊長は言う。

「あとこれは俺から個人的にお前にやる。もらっとけ」

机に置かれたのは白い封筒。

ガウェインさんが私に何かくれる……？

そう言えば今日のガウェインさん、やけに優しい気がするし。

まさか——

「あの、私今は魔法を使えるお仕事でごはんが食べられるようがんばりたいので、ラブレターとかそういうのはちょっと」

「違うわっ！」

違ったらしい。

じゃあ、いったいなんだろう？

受け取る。

重たい感触。

中に入っていたのは、五枚の大銀貨だった。

「これは……？」

「俺からの個人的な褒賞だ。良い仕事をしたやつにはいつも渡してんだよ」

ガウェインさんはにっと目を細めて言った。

「次も期待してるぜ、ノエル・スプリングフィールド」

「ぼーなすぼーなす、ぼぼーなすー♪」

白い封筒を大切に抱え、鼻歌を歌いながらルークの執務室へ向かう。

思いきり自慢してやると、ルークはくすりと笑って懐から封筒を取り出した。

「知ってる。僕ももらってるから」

むむむ……。

私だけだと思ってたのに。

でも、考えてみれば自然なことだった。

ルークと二人だから勝てたんだもんな、あれ。

しかし、こうなってくると顔を出すのは昔の自分。

「ちなみに、いくらだった？」

「大銀貨四枚」

「よしっ！　私五枚！　私の勝ち！」

ガッツポーズする私に、ルークは微笑んで言う。

「にしても、二階級特進か。すごいね」

「えへへ、そうでしょう。ルークもようやく私のすごさがわかったようだね」

もちろん、奇跡が起きてたまたまうまくいっただけなのはわかってるんだけどね。

でも、だからこそ思いきり自慢しておいてやらねば！

「この早さでの翠玉級昇格はあまり例がないと思う。君より早い人はほとんどいない。たしか、一人だけかな」

褒めてくれるルークに頬をゆるめる。

しかし浮かれていた私は、続くルークの言葉に絶句することになった。

「ちなみに、その一人僕なんだけどね」

「…………」

こいつ……。

私に勝てるカードを隠し持っていたなんて……。

ガウェインさんからの個人ボーナスの額と、昇級の早さの公式記録では明らかに公式記録の方が価値が上。

だからこその余裕。

この男、涼しい顔して負けず嫌いなの全然変わってない……！

「いやー、ノエルはすごいなぁ。二番目、僕の次の早さか」

私は拳をふるわせる。

ちくしょう、煽《あお》りやがって……！

「次は勝つ！　出世の早さでは勝てないかもだけど、何かで勝つ！　覚えてなさい！」

びしっと指を突きつけて宣言する。

次はぎゃふんと言わせてやるんだから。

王宮の大図書館で借りてきた魔導書を開き、早速猛勉強を始める私だった。

◇　◇　◇

ルーク・ヴァルトシュタインは魔導書に向かう彼女を見て目を細める。

タイトルが頭良さそうでかっこよかったから選んだらしいその魔導書がどれだけ難解なものなのか、彼女は知らないだろう。

内容を理解できるのは、王宮魔術師の中でもおそらく一握り。

しかし、周囲の感情に鈍感な彼女は気づかない。

いつだって中心にあるのは、魔法が好きだという気持ちだけ。

普通の人なら気にせずにはいられない周囲の評価。そこへの感覚値が乏しい分、目の前のことにすべてのリソースを割いて打ち込めるのは彼女の才能だ。

(本当に、僕よりずっと天才なんだよ、君は)

ルーク・ヴァルトシュタインは誰よりもノエル・スプリングフィールドを評価していて。

だからこそ、彼女と競い合い続けられるようひたむきに努力を積み上げてきた。

(魔法に関することで勝ったときだけ、君の瞳の真ん中に映ることができるから)

彼女にとって一番大切なものである魔法。

それで勝ったときだけ、負けず嫌いな彼女の心を少しだけ僕のものにすることができる。

『次は負けないから！』

『くそ、ルークめ……！』

『ふふん！　私の勝ち！』

そうやって寄ってきてくれる君の姿を、僕がどれだけうれしく思っているか。

そのためならどんな対価を払ってもいいくらいに、僕は幸せをもらっていて。

たくさん食べるところも、小さな背丈も。

音痴で残念な歌声も、私服のセンスが壊滅的なところも、全部全部好きで。

君といられる。

それだけで、僕はどうしようもなく救われてしまうんだ。

君の世界に僕が映っている。

今はそのことが何よりもうれしい。

◇　◇　◇

「なあ、レティシア。悪いがちょっと金貸してくれ」

王宮魔術師団、ガウェインの執務室。

上官の言葉に、レティシアは冷たい目を向けた。

「いったい何に使ったんですか」

「ちびっ子新人に肉を奢ったら腰を抜かす金額を払わされてな。あれで、すべてが狂った。あとは、久しぶりに王都に来た後輩に飯を奢ったのが地味に痛かったな。最後に褒賞として個人的なボーナスを払ってたら金がまったくなくなった」

「なんで持ってないのにボーナス払うんですか」

「がんばってるやつには相応のものをやるのは先輩として当然のことだろ」

「だからってそれで無一文になったら何の意味もないでしょう」

レティシアはため息をつく。

「まったく貯金してなかったんですか」

「宵越しの金は持たない主義でな」

「ただのダメ人間ですからね、それ」

「仕方ねえだろ。金が勝手になくなっていくんだから」

ガウェインは首をひねって言う。

「俺自身はそこまで使ってないはずなんだがな」

その言葉が事実であることをレティシアは知っていた。

ガウェインは決して自身の生活における金遣いが荒い方ではない。

酒もギャンブルも節度を持ってやる類いの人間だ。

だが、周囲の人間のためとなるとそれは一変する。

『あのテーブルの会計も一緒で』

後輩を見かければ、例外なくその代金を代わりに払い、

『お前、今日よかったな。これで好きなもの買え』

結果を出した部下には必ず少なくない額の褒賞を渡し、

『おう、お前ら好きなだけ飲んでいいぞ。俺が許す』

酒の席ではどんなに規模が大きくても一人ですべての支払いをする。

昔ながらの侠気《おとこぎ》的価値観を強く持ち、身内に対してはとことん甘い。

必要だと判断すれば、借金してでも金を出してしまうのがガウェイン・スタークという人間なのだ。

倹約家であり、銅貨までしっかり家計簿に記録するレティシアからするとまったく信じられない。

あれだけの給与をもらってまさか貯金ゼロとは……。

自身が口座に貯めた老後まで安心して暮らせる額の貯蓄を思い浮かべて、その差にレティシアはため息をつく。

「給料日までまだ一週間以上ありますよ」

「だからこうやって頼んでんじゃねえか。俺だって本当はこんなこと言いたくねえが、黙って余所で借りるとお前がめちゃくちゃ怒るし」

「当然です。契約書読まないせいで狂気的な額の利息払ってましたからね、以前の隊長は」

「別にいいだろ。俺の金なんだし」

「それで破産しかけてたのはどこの誰ですか？」

「……面目ない」

「しっかりしてください。あなたが隊長でいてくれるおかげで、救われている部下も大勢いるんですから」

ガウェイン率いる三番隊の結束は他の隊に比べても際《きわ》だって高い。

挑戦した結果のミスは決して責めず、「もっとミスしていいからな。責任は俺が取る」と深い懐で受け止める隊長の性格は、失敗を怖がらずに力を発揮できる隊の空気を作っている。

そんなガウェインの人間性は、レティシアも好ましく思っていた。

問題は大いにあるが、自分以外の誰かのために行動できるのは人として尊敬できる資質だ。

そうでなければ、余所で借りるくらいなら自分から借りなさい、と叱って借金額を管理したりはしない。

「大切に使ってくださいね」

「悪い。恩に着る」

生活できる必要最低限の額をレティシアから受け取るガウェイン。

「それから、仕事の話なんだが」

「なんですか？」

「ちびっ子新人をこれからどうするかだ。うちの隊にとっては閑散期の分、新しいことを経験させるには打って付けだろ。とりあえずは魔法薬研究班に助っ人として貸しだそうと思ってるんだが」

「いいと思いますよ。魔法薬についても知識があるようでしたし」

「だが、思わぬところから打診があった。いったい誰からだと思う？」

神妙な面持ちでガウェインは言う。

「ミカエル王子殿下だ」

その人物の名前に、レティシアは息を呑んだ。

「まさか、《王の盾《キングズガード》》」

「そういうことだ」

王族の身辺警護を担当する特別部隊、《王の盾《キングズガード》》。

王立騎士団と王宮魔術師団の最精鋭しか入ることのできないその部隊の打診は原則として聖銀級《ミスリル》
以上。

入団して間もない新人が声をかけられるなんて常識的に考えればありえない話だ。

「しかし、あの子はまだ翠玉級ですよ」

「打診があったときは白磁だった」

「白磁の段階で……」

「階級を度外視しても《王の盾《キングズガード》》に加えたい、という考えらしい」

「でも、前例もありません。そんなことをすれば間違いなく問題になります」

「そうなっても構わないという考えなんだろ。それだけ高く評価しているってことだ」

レティシアが伝えられた事実を現実として受け止めるまでには少なくない時間がかかった。

王国において最高位に位置する一人である王子殿下が、自ら人事に口を出し新人を近衛部隊に加えようとしている。

異例中の異例。

自身の知る常識では起こりえないはずの出来事。

王子殿下の意向を拒絶できるような人間は王宮にはいない。

打診があった段階で、それは既に確定した現実としてそこにあると言える。

「それで、あの子はいつ異動になるんですか？」

自身を慕ってくれた頑張り屋の小さな魔法使い。

少し寂しく思いつつ言ったレティシアに、ガウェインは言った。

「いや、断った」

「は？」

レティシアは少しの間固まってから言う。

「えっと、冗談ですよね」

「こんな冗談言うわけないだろ。下手すりゃ不敬罪で投獄だぞ」

「断る方がおかしいです！　王子殿下のご意向ですよ。拒絶なんてすれば、隊長が降格になる可能性も」

「別に構わねえさ。そんなこと怖がって自分が正しいと思うことをしない方が間違ってる。《王の盾》《キングズガード》になるにはいくらなんでも経験が足りない。失敗していい立ち位置で好き勝手やらせるくらいがちょうどいいんだ、今のあいつには」

当然のように言うガウェイン。

レティシアの視線に気づいてにっと目を細めた。

「心配すんな。ちゃんと腹割って話せば殿下もわかってくれた」

自分以外の誰かのために傷つくことを恐れず身体を張ることができる。

やっぱり尊敬に値する人だ、とレティシアは思う。

調子に乗って吹聴するのがわかっているから、そんなこと絶対に口には出さないが。

「今一文無しなのに、降格になったらどうするつもりだったんですか」

「何も考えてなかったな……やべえ、マジで危なかった……」

ぞっとした顔で言うガウェインに、ため息をついてレティシアは言った。

「まったく、本当にこの人は」

◇　◇　◇

「魔法薬研究班のお手伝い、ですか？」

私の言葉に、レティシアさんはうなずいて言った。

「ええ。北部で流行した伝染病の影響で今年は例年以上に人手が足りてないみたいなの。あなたの将来を考えても良い経験になると思うし。もちろん、嫌なら他の人にお願いしようと思うけど」

「やりたいです！　やらせてくださいっ！」

王宮魔術師団の魔法薬研究班と言えば、魔法薬学界の最先端。

ここでしか触れられない希少な機材と素材を使って、名だたる魔法薬師さんたちが日々研究に勤しんでいるところだ。

学生時代、魔法薬の研究をしていた身としては、胸の高鳴りを抑えられない。

いったいどんなところなんだろう。

お手伝いに行けるということは、中の人たちとお話もできるかもしれない。

あそこの技術と設備なら、かっこいい大人の女性になれる変身薬だって作れるかも！

期待に胸をふくらませていた私は、しかし危惧《きぐ》しなければいけない可能性に気づいて硬直する。

「だ、大丈夫ですかね？　私、みなさんについていけなくてご迷惑をおかけしちゃうかもしれないですけど」

先輩たちは『仕事早いね』ってたくさん褒めてくれるけど、それがみなさんのやさしさによるものだということを私は知っている。

地方の魔道具師ギルドでさえ通用しなかった私だから。

不安になる私に、レティシアさんはにっこり微笑んで言った。

「大丈夫よ。あなたなら絶対に通用する。私が保証するわ」

その言葉がどんなに私に力をくれたか。

こんな私に、そこまで言ってくれるなんて。

やっぱりレティシアさん素敵な人だなぁ。

他の人より仕事ができなくても、一生懸命がんばれば大丈夫ってことだよね。

よし、やるぞ……！

こうして迎えたお手伝い初日。

「ノエル・スプリングフィールドです！　よろしくお願いします！」

張り切って魔法薬研究班の魔法薬師さんたちに挨拶をする。

レベルが高すぎてお役に立てないんじゃないかと不安だったけど、幸い研究室にはそこまで難しくない簡単な仕事や雑務もたくさんあった。

そういう雑用は私の得意分野。

周りを見ながら必要な仕事を先読みするのは、魔道具師ギルドで働いていた頃からずっとやっていたことだから。

あの頃は現場の人を助けて納期に間に合わせることしか考えてなかったけど、それが役に立つんだから人生ってわからない。

「魔晶石減ってきてる。誰か倉庫から新しいの取ってきて」

「こちらに準備してます！　すぐに交換しますね」

「ごめん、伝えるの忘れてたんだけど今朝届いた魔女草の下処理を大至急で――」

「必要かなと思ってやっておきました！　使ってください！」

「昨日追加で発注したアストラルリーフって何時に届く？　誰か商会に連絡して」

「先ほど確認して、十六時頃に納品すると回答をもらってます。到着後、すぐに運び込めるよう準備しておきますね」

今は忙しい時期みたいだけど、前職でずっと過酷な環境を経験している私なので、これくらいの仕事量なら余裕を持って処理していくことができる。

次の工程では、下処理した満月草とブラックスライム液が必要だから先に準備して、と。

張り切ってお手伝いに励む私だった。

◇　◇　◇

王宮魔術師団五番隊、魔法薬研究班。

卓越した知識と技術を持つ一流の魔法薬師で構成されたこの組織は、ここ数年で最も忙しい時期を迎えていた。

北部で流行した伝染病の影響で、例年より多くの魔法薬が必要になったのだ。

一人でも多くの人を治療するために、各地の魔法薬師ギルドや商会と連携しながら懸命に魔法薬作りに励む日々。

増加の一途を辿る仕事量。

消耗していく現場。

三番隊から新人魔法使いが助っ人として派遣されたのは、そんなある日のことだった。

『ノエル・スプリングフィールドです！　よろしくお願いします！』

魔法薬師たちは、彼女を他の隊から派遣された魔法使いの一人として認識した。

大勢いる中の一人として。

(どうせあまり使えないだろう)

それは、魔法薬研究班の薬師たちの、他部署から派遣された魔法使いに対する共通した認識だった。

同じ王宮魔術師とは言え、魔法薬を専門とし、その生涯の多くを注ぎ込んできた者とそれ以外では知識と能力に大きな隔たりが生まれてしまう。

簡単な仕事を手伝ってくれるのはありがたいが、それも自分たちが指示しなければ動けない者がほとんど。

知識の不足に加え、腰掛けでの助っ人という意識もあるのだろう。

自分たちは本職ではないから、必要最低限こなしていればそれでいい。

そういう考え。

(忌々《いまいま》しい……我々がどれだけ命を削ってこの仕事に打ち込んでいるか……)

動こうとしない連中に、怒りを抑えつつ仕事に励んでいた魔法薬師たち。

しかし、その認識は一人の新人によって塗り替えられることになった。

「魔晶石減ってきてる。誰か倉庫から新しいの取ってきて」

「こちらに準備してます！　すぐに交換しますね」

「え、持ってきてる……？」

子供にしか見えない小さな新人の仕事ぶりは、魔法薬師たちの想像をはるかに超えていた。

「ごめん、伝えるの忘れてたんだけど今朝届いた魔女草の下処理を大至急で――」

「必要かなと思ってやっておきました！　使ってください！」

誰よりも冷静に全体を見回し、必要な仕事を先回りして処理してしまう。

「昨日追加で発注したアストラルリーフって何時に届く？　誰か商会に連絡して」

「先ほど確認して、十六時頃に納品すると回答をもらってます。到着後、すぐに運び込めるよう準備しておきますね」

「……う、うん。それでいい。完璧」

魔法薬に関する知識もあるようだが、その点だけで言えば魔法薬師たちには遠く及ばない。

しかし、彼女にはそれを補ってあまりある状況把握能力があった。

ここ数年で最も忙しい過酷な現場にもかかわらず、まるで慌てていない。

むしろ仕事が少ないとさえ感じているのではないかと思えるほどの落ち着き。

広い視野で、素早く的確に必要な仕事をこなしていく。

「おい、あの小さいの何者だ……？」

「わからない。だが、明らかに只者じゃないぞ、あれ」

目の前の異常事態に、小声でかわされる会話。

「いったいどこにあそこまで優秀なやつが」

「例の新人だ。舞踏会でノインツェラの皇妃殿下を助けたって言う」

一人の言葉に、魔法薬師たちは息を呑む。

「あの、《血の60秒》で合格したってやつか」

「たしかに、三番隊の連中が随分自慢していたが」

「まさか、ここまで……」

今日入ったばかりにもかかわらず誰よりも早く的確なその仕事ぶりに、魔法薬師たちは絶句することしかできない。

処理が追いつかず、積み上がっていた仕事が次々と片付いていく。

気がつくと、現場は彼女を中心に回っていた。

◇　◇　◇

新しい職場に溶け込めるか、少し不安だった私だけど、幸い魔法薬研究班の人たちはやさしい人ばかりだった。

みなさん、びっくりした演技をしながら私のことをたくさん褒めてくれて。

気づかってくれるのがうれしくて、私もさらに張り切ってお仕事に励む。

北部の伝染病問題が収束したのはそれからしばらくしてのことだった。

魔法薬研究班の大手柄だと、王国の中では結構話題になっているとか。

簡単なお手伝いしかできていない私だけど、少しはお役に立てたんじゃないかなって思っている。

もちろん、魔法薬研究班のみなさんがすごくがんばってくださったおかげなんだけどね。

「ありがとう。スプリングフィールドさんのおかげでなんとか乗り切れたよ」

班長さんの言葉に、私はしあわせな気持ちになる。

前の職場ではこんな風に言われることなんてなかったからなぁ。

王宮魔術師のみなさんはほんといい人たちばかりで、こんなに恵まれてていいのかなって思っちやうくらいだ。

「それで、スプリングフィールドさんに少し相談なんだけど」

「はい。なんですか？」

「三番隊から異動してうちで働かない？」

「え」

予想外の言葉にびっくりする。

魔法薬研究班に入れるのは五番隊の中でもほんの一握り。

魔法薬研究に高い適性を持つ本当に優秀な人しか入れないところのはずなのに。

誘ってもらえたってことは、ちゃんと貢献できてたってことだよね。

見えないように小さく拳を握る。

「どうだろう？　今すぐにとは言わないし、じっくり考えてくれて構わないけど」

私には勿体ないくらいのありがたいお申し出。

でも、結論が出るまでに時間はかからなかった。

地方の魔道具師ギルドで全然仕事ができなくて。

役立たず扱いされて、クビになって。

働けるところがなくて途方に暮れていた私を見つけて、手を差し伸べてくれた親友。

私が今こうしてしあわせに暮らせているのも全部そのおかげで。

少しでも恩返しできるように、今は隣でがんばりたいから。

ごめんなさい、と気持ちを伝える。

「残念。でも、気が変わったらいつでも言ってね。スプリングフィールドさんなら大歓迎だから」

ありがたい言葉に、胸があたたかくなる。

そんな風に言ってもらえたのは多分、魔道具師ギルドで一生懸命がんばり続けて身につけたスキルがあったからで。

そう考えると、あの日々も無駄じゃなかったんだよね、きっと。

「ねえねえ、ルーク！　私、魔法薬研究班に誘われちゃった！」

目一杯自慢する。

ルークは紅茶を片手に話を聞いてくれる。

穏やかな午後の時間が過ぎていく。

◆　◆　◆

「まだあの小娘は見つからないのか！」

声を荒げるギルド長に、副ギルド長は身体を小さくして言った。

「申し訳ありません。冒険者ギルドに依頼を出し、周辺の魔法職関係のギルドにも声をかけている

ですが」

「それがなかなか難しく……王宮魔術師として、似た名前の者が活躍しているという話はあるようですが」

「何か少しでも情報は無いのか」

のですが……」

「あの小娘が王宮魔術師になれるわけがないだろう」

「そうですよね。私もそう思います」

それは下っ端魔道具師に対する二人の共通した認識だった。

名門魔術学院を出て、魔法の素養があったとは言え、王国最高機関のひとつである王宮魔術師になれるほどの力があるわけがない。

もしそれだけの力があったなら、最初から地方の魔道具師ギルドで働く必要などないのだから。

劣悪な条件下で辞めずに働き続けていたその時点で、魔法使いとしての能力がそこまでの域にないことは推測できる。

「おそらくあきらめて魔法以外の仕事でもしているのだろう」

「では、魔法職以外のギルドにもあたってみましょうか」

「いや、所詮はその程度の存在だったということだ。考えてみればどうかしていた。あんな小娘が、うちのギルドの躍進を支えていたなんて冷静に考えればありえない話だろうに」

「そうですね。どういう方法であの量の水晶玉を作っていたのかは気になるところですが」

「あの嘘つき女のことだ。どうせ小狡い方法でごまかしていたのだろう」

うなずきあう二人。

「そんな小娘の作ったものを評価するとは、侯爵様もオズワルド商会も本当に見る目がない」

それから、にやりと口角を上げる。

「僥倖だ。あの小娘でごまかせるなら、我々はもっとうまくやることができるに決まっている」

「何か策があるのですか？」

「当然だ」

自信に満ちた表情でギルド長はうなずく。

「正義が勝つのは物語の中だけ。現実の世界で勝つのは最も狡猾《こうかつ》に行動した者。社会というのは、常に悪党が勝つようにできているものなのだよ」

それから、二人が行ったのは他のギルドへの水晶玉の発注だった。

近隣で最も品質が良い水晶玉を作るとされるギルドから完成品を仕入れ、それをさらに磨き上げることで最高品質の水晶玉に偽装する。

「素晴らしい……！　今までうちで作っていたものよりはるかに美しい出来映えですよ、これは」

興奮した声色で言う副ギルド長に、

「当然だ。私が自ら策を練り、手を動かして作ったものなのだから。肉体労働しかできない魔道具師どもより優れたものができるのは当然のことだ」

「さすがです。感服いたしました」

「まったく。この私がこんな仕事をしなければならないとはな。このようなことはもう二度とないことを祈るばかりだよ」

嘆息してからギルド長は続ける。

「横流しするために完成品を仕入れたせいで、資金も随分減ってしまった。指示に従うことしかできない能なしのくせに反抗など。忌々しい魔道具師どもめ……」

「本当に危ないところでした。私など一時はもうダメかとまで思いましたが」

「あんな屑《くず》どもに潰されてたまるか。私は上に行くべき存在なのだ」

「そうですね。この水晶玉なら、オズワルド商会でも高く評価してもらえるに違いありません」

「喜べ。成功はすぐそこまで近づいている」

侯爵様とオズワルド商会に納品する水晶玉を納入期限までに出荷した二人は、成功を確信し満足げに微笑む。

無事必要な仕事を終え、朝方から眠りに就いたギルド長。

しかし、安らかな眠りは外から聞こえる副ギルド長の声によって中断されることになった。

遠く聞こえる扉を叩く音と、ひどく焦った声。

あの小心者め。

少しくらい静かにしていることもできないのか。

うんざりしつつ体を起こす。

「なんなんだ。騒々しい」

扉を開けたギルド長に、副ギルド長は言った。

「侯爵様からすぐに来るよう連絡が！　出荷した水晶玉に問題があったと言っています！」

第5章　薄霧の森と緑色の巨人

広大な大王宮の東区画。

ずっと憧れていたその場所に、近頃の私は毎日のように通っている。

「えへへ。次はどれを読もうかなー」

王宮の大図書館。

天窓から射し込む透明な光と、中央の吹き抜けに向かって一面に広がる書棚の洪水。

細かい埃が、粉雪みたいに揺れながらきらきらと瞬いている。

中でも、私が好きなのがダークウッドの書棚が整然と並ぶ奥の一角だった。

他に比べ古く希少な本が並ぶこの部屋。新しい本の方が人気らしく、いつもあまり人がいないけど、私にとってはこの図書館の中で一番好きな場所だった。

古書特有の香ばしい香り。

どこかなつかしくて落ち着くその匂いに目を細める。

分厚い古書の背表紙を眺めては、心をときめかせる一冊を探す。

長い時を越え、今も残っている本だからか、内容も深くてしっかりしたものが多いんだよね。

読んでいると、遠い昔の賢者さんとお話ししてるみたいで楽しくて。

何より、みんなが立ち寄らない書棚の頭良さそうな本を読んでる私って、なんだかかっこいい感じがするし！

鼻歌を歌いながら、借りたい本を選んでいく。

同時に借りられるのは十冊まで。

限られているので、慎重に選ぶ必要がある。

あ！　あの本面白そう！

高いところにある本に、背伸びして手を伸ばす。

よし、あとちょっと……。

しかし、その少しの距離がなかなか届かない。

つま先立ちになって格闘していた私の上を大きな影が遮る。

「取りたかったのはこれ？」

サファイアブルーの瞳。

うれしさよりも悔しさの方が強かった。

なんでこいつの身長は高いのか。

なぜ私の身長は低いのか。

不公平だ。

牛乳は毎日飲んできたはずなのに。

しかし、たとえ世界の理《ことわり》に不満があったとしても、何かしてもらったらお礼を言うのは大切なこと。

「ありがと」

唇をとがらせて言うと、ルークはくすりと微笑んだ。

なんか余裕そうでムカつく。

持っている者の余裕というやつか！

その身長半分私に寄こせ！

不条理を嘆かずにはいられない私だったけど、そんな怒りも腕の中に抱えた本たちの匂いを嗅いでいると、いつの間にかどこかへ行っていた。

貸出処理をした本を手に、鼻歌を歌いながらルークと共に午後の庭園を歩く。

「ほんと魔法関係の本が好きだよね、君」

「大好きだよ。愛していると言っても過言じゃないね」

「高級お肉とどっちが好き？」

「むむ……それは難しい問題かも……」

本も大好きでお肉も大好き。

その順番って考えたことなかったな。

どっちだろう……？

「真剣に考えるからちょっと時間ちょうだい」

「お好きなだけどうぞ」

難題に挑む私。

不意に、ルークが小さな声で言う。

「僕が一番になれたらいいのに」

「ん？　なんか言った？」

「なんでもないよ」

ルークはそっぽを向いて、頬をかいてから言う。

「それで、君に少し相談したいことがあるんだけど」

「相談？」

「うん。次に僕らが担当する仕事について」

次の仕事……いったいどんな仕事だろう？

期待と不安を胸に見上げた私に、ルークは言った。

「王国北西部に面した《薄霧《うすきり》の森》。その実地調査なんだけど」

王国に隣接した未開拓地にある《薄霧の森》は魔物が生息する森として知られている。

と、言っても危険な魔物がいるわけではない。

難易度自体は低級の冒険者でも対応できる程度。

しかし、常に薄霧が立ちこめていて視界が悪く、冒険者たちにはあまり人気が無いって話だっけ。

「でも、どうして王宮魔術師団が調査を？」

王宮魔術師団が調査に行くような場所とは思えない。

難易度も危険度も全然高くないのに。

「ミカエル殿下のご指示らしい」

「王子殿下の？」

ミカエル・アーデンフェルド第一王子殿下。

政治とかよくわからない私なので、その人について知っていることはあまり多くない。

優秀な人だという噂と、かっこよくて女の子たちに人気だという話くらい。

舞踏会で少しだけ見たけど、たしかに綺麗な顔立ちの人だったっけ。

「王立騎士団も動員されてるし、かなり本格的な調査をするつもりみたい。その上、僕と君についてはご指名があったとか」

「ご指名……？」

言葉の意味を理解するのに少し時間がかかった。

「あ、なるほど。ルークの相棒《バディ》だから一緒にってことか。私までご指名があったんじゃないかって一瞬勘違いしちゃったよ」

納得して言った私に、ルークは首を振った。

「違う。君にもご指名があったんだ。絶対に参加させるようにって話だったらしい」

「…………マジですか」

いったいどうしてそんなことに……。

だけど、考えてみると思い当たる節もないわけではない。

多分、舞踏会で皇国の皇妃様を助けたのが大きかったのだろう。

『あの新人、なかなか見込みがある』

みたいな感じで評価してくれたのかもしれない。

王子殿下に有望株として期待されてるなんて……！

新人王宮魔術師として、こんなに名誉なことはない。

よし、良い仕事をして期待に応えるぞ！

抱えた本を落とさないように気をつけながら、拳を握る私だった。


朝一番で王都を発ち、馬車で北西部へ向かう。

整然と積まれた装備品と補給物資。

山積みのパンをおいしそうだなぁ、と見ていたら「絶対食べちゃダメだからね」とルークに言われてしまった。

失礼な！

人のものを食べるなんて最低なことしませんとも！

自分がされたと思ったら、そんなにひどいこと他にないし。

「ちゃんと自分の分は持ってきてるってば」

鞄に詰めたパンの山を見せると、ルークは「その中身、全部パンだったんだ」と微笑む。

笑いが取れてちょっとうれしい。

上機嫌で私はパンをひとつ取り出して食べる。

一番人気のカスタードクリームクロワッサン。

さくさくとした食感と、口いっぱいに広がるカスタードクリームの甘い風味。

しあわせ味だなぁって目を細める。

流れる景色。

窓の外には王立騎士団の人たちの姿もある。

今回の作戦に参加するのは、総勢百名ほど。

うち半分が王宮魔術師で、残り半分が王立騎士団の騎士さんたちになる。

参加した騎士さんたちの中には、長年王子殿下の《王の盾》《キングズガード》を務めていた凄腕の騎士さん――現第二師団長のビスマルク・アールストレイムさんという人もいるらしい。

ルークいわくその人と私たちの三人が、王子殿下からご指名を受けて今回の作戦に参加しているのだとか。

なんでそんな人たちの中に加えられているのだろう。

ああ、パンおいしいなぁ。

理解不能な状況が受け止めきれず、現実逃避をする。

その一方で、頬がゆるんだ出来事もあった。

それはルークが小隊長として、参加する部下の人たちに指示をしていたこと。

立派に上官としての仕事をしていて、なんだかうれしくなってしまった。

あんなクソガキだったのに、立派になっちゃって……！

身長が同じくらいだった頃から知っている身としては、すごく感慨深い。

昔のルークは他の子より身長低かったんだよね。

今は大きくなってるけど。

一方で私の身長は一ミリも伸びてないけど。

やっぱり神様に強く抗議したいところだったけど、ともあれ友人が立派に仕事してる姿というのは心強いし、ほっこりする。

そんな感じで馬車に揺られること半日ほど。

到着した《薄霧の森》はその名前の通り、霧の立ちこめた森だった。

いや、名前の通りというのは違ったかもしれない。

「こんなに霧が濃いんだ」

薄霧と名前についているけれど、立ちこめている霧は想像していたよりずっと濃い。

少し離れると、そこにいる人の顔もわからなくなってしまうくらい。

「いや、何度か来ているけど普段に比べて霧が濃い。というか、ここまで濃い霧は自然発生したものじゃない線を疑うべきだと思う」

「自然発生したものじゃない……？」

考えて、はっとする。

「水属性魔法」

「その可能性が高い」

真剣な顔でうなずくルーク。

「私の魔法で吹き飛ばす？」

「有効な手だと思うけど、向こうにこちらの存在を悟られるリスクもある。まずはもう少し情報を集めよう」

周囲を警戒しつつ、森の中へ。

水気を含んだ空気は、ひんやりと冷たい。

《気配探知《サーチ》》

周辺の魔物や生き物の気配を探る魔法。

結果、わかったのは周囲にまったく生き物がいないということだった。

動物の気配もないし、鳥の鳴き声もまるで聞こえない。

孤立しないよう気をつけながら周囲の探索を続ける。

おびただしい数の小さな足跡を見つけて、私はルークを呼んだ。

「ねえ、これって」

「おそらく――ゴブリンロードの軍勢」

ゴブリンロード。

魔素濃度の高い場所で自然発生するゴブリンの上位種だ。

統率力に特化し、周囲のゴブリンを補助魔法で強化して巨大な群れを作り上げる。

観測された最大の群れは、千近い数のゴブリンがいたとか。

村や町に大きな被害をもたらした例もあることから、脅威度5の災害級指定も受けている。

とはいえ、ゴブリンは強い魔物ではないし、ゴブリンロードの群れもAランクの冒険者が連携すれば十分討伐《とうばつ》できる難易度。

王宮魔術師と王立騎士団の騎士さんがこれだけ集結しているのだから、まず苦戦するようなことはないはずだ。

しっかり討伐して期待に応えなきゃ。

でも、この辺りは魔素濃度が低い地域だし、ゴブリンロードなんているのはおかしいんだけどな。

首を傾けていたそのときだった。

水たまりで小さな波紋が揺れる。

大地がかすかに振動している。

――いる。

「ノエル、霧を」

「任せて」

《疾風《ウインディ》》

強烈な風が周囲の霧を吹き飛ばす。

しかし、視界がクリアになってもそこにゴブリンの群れの姿はない。

《付与解除《ディスペル》》

隣でルークが起動したのは、補助魔法を打ち消す魔法。

そうか、隠蔽魔法がかかっていたから《気配探知《サーチ》》で反応がなかったんだ。

透明な薄壁がはがれ、姿を現したのは一面に広がるおびただしい数のゴブリンの軍勢。

そして、その奥に覗く大木のような緑色の脚に私は息を呑んだ。

違う。

ゴブリンロードは大型の魔物だけど、これはあまりにも大きすぎる。

オーガどころか、もはやドラゴンに近いサイズにまで達している緑色の巨人。

魔素濃度が極めて高い地域でごく稀に発生するゴブリンの最上位種——ゴブリンエンペラー。

脅威度8の災害級指定を受け、過去には都市を壊滅させた例もある化物。

理解する。

王子殿下がルークと第二師団長を呼び、そしてこれだけの部隊を編成した理由を。

明らかに私には、荷が重すぎる状況。

だけど、折角期待してもらえてるんだ。

怯えてばかりじゃいられない。

「行くよ、ルーク」

「君ならそう言うと思った」

ルークはやれやれとため息をついて言った。

「君が行くならどこへでも」

親友と二人、敵と向かい合う。

戦いが始まる。


自分たちの姿を隠していた補助魔法が解除されたことに気づいたのだろう。

ゴブリンエンペラーは大木を振り上げ、地鳴りのような声を発する。

それが攻撃の合図だった。

一斉に襲いかかってくるゴブリンの軍勢。

千を超える魔物の群れが、一斉に私たちへ殺到する。

対して、私が選んだのは範囲攻撃による迎撃だった。

《多重詠唱》《マルチキャスト》を使い、《魔力増幅》《エンハンス》、《魔力強化》《マナブースト》で自身の魔力を最大化。

《固有時間加速》《スペルブースト》、《魔力自動回復》《マナチャージ》を二重にかけ、効果範囲を最大化するため、ギリギリまでゴブリンの軍勢を引きつける。

――今だ。

《烈風砲》《ウインドブラスト》

放たれたのは圧縮された強烈な爆轟。

大地がめくれあがり、疾駆するゴブリンたちを巻き上げ彼方へ消し飛ばす。

崩壊する前衛。

すかさず間合いを詰め、ゴブリンエンペラーに向け魔法を放つ。

《風刃の桜吹雪》《エアレイドストーム》

炸裂する風の刃。

しかし、木々をゼリーのように切断する風の刃は、ゴブリンエンペラーの肌に傷ひとつつけることはできなかった。

「うそ、なんて耐久力――」

想像をはるかに超える堅さに絶句する。

大技を放った後に発生するクールタイム。

両脇からゴブリンが石の刃を振り上げ私に迫っている。

だけど、対応する必要がないことを私は知っていた。

《奔る閃光と轟雷《ライトニングブリッツ》》

炸裂した電撃に、崩れ落ちるゴブリンたち。

「ありがと」

「任せて」

魔力量が多くて一発の火力が大きい分、隙ができやすいのが私の弱点。

バランス型で隙がないルークがそこをフォローするのが二人で大型の魔物と戦う際の基本戦法だった。

『なんでそんなに大ざっぱなんだ！　少しは、撃った後のことも考えろ！』

『後のことなんて考えてたら、全力以上のものが出ないでしょ！　私は常に今を生きてるの！』

お互い性格と得意分野が違うから、初めのうちは喧嘩ばっかりで。

でも、今は何も言わなくても相手の意図がわかる。

二人、魔法に打ち込んだ日々。

積み重ねた時間。

ああ、やっぱり負けたくないなって思ってしまう。

私はあの頃みたいにルークの隣で対等に張り合える私になりたくて。

だから、もっと強くならないといけない。

最年少聖金級《アダマンタイト》。

親友は、はるかずっと先にいて。

地方の魔道具師ギルドで通用しなかった私が対等の存在になるなんて、笑われちゃうくらい難しいことだと思う。

わかってる。

それでも、私は信じたい。

世界中のすべての人が無理だと言っても、私だけは私を信じてあげたいんだ。

きっとできるって。

なりたい自分になれるって。

だって、そうじゃないと本当に無理になっちゃうから。

一歩ずつでいい。

前に進むために。

私はこんなところで立ち止まってなんかいられない。

悪いけど、倒させてもらうよ、ゴブリンエンペラー。

私は緑色の巨人を見据え、前へ進む。

◇　◇　◇

王立騎士団、第二師団で第三席を務めるティリオン・グレイはその任務が通常のそれとは異なることを理解していた。

王子殿下が自ら主導し、最も信頼を置く一人である元《王の盾《キングズガード》》の側近、現第二師団長のビスマルク・アールストレイムを派遣する。

加えて、王宮魔術師団からは最年少で聖金《アダマンタイト》級まで上り詰めた王国随一の天才、ルーク・ヴァルトシュタイン。

そして、皇国の皇妃を救い、派遣された魔法薬研究班でも目を見張る成果を出した怪物新人――ノエル・スプリングフィールドまで動員されているのだ。

聖宝級魔術師《メイガス》は、責任の重い立場を担っている分、予定されていない作戦に際し召集するのが難しい側面がある。

その点、今回派遣された二人は比較的動員しやすい上に、共に王国でもトップクラスの実力者。

つまり、通常業務に支障が出ない範囲で最も強力なカードを切っていることになる。

他の者たちも際だった成果をあげている各部隊の精鋭揃い。

下級冒険者で攻略できる《薄霧の森》に送るような戦力ではない。

明らかに、通常存在しない何かがいることを想定している。

(さあ、何が出てくる？　オークロードか、バジリスクか。飛竜種という可能性も否定はできない。

あまり考えたくはないが)

西方大陸の生態系における最上位種、飛竜種。

あらゆる生物の頂点に立つ彼らまで想定していたからこそ、その痕跡にティリオンは拍子抜けした。

(なんだ。ゴブリンロードか)

脅威度5の災害級指定を受けている危険な魔物ではあるものの、王立騎士団でも有数の実力者であるティリオンからすれば、決して恐れるような相手ではない。

(おそらく、もっと危険な何かがいることを想定していたのだろう。王子殿下の読みも時には外れるということか)

その卓越した才覚で、既に近隣諸国からも一目置かれる存在になっているミカエル・アーデンフエルド第一王子殿下。

チェスで隣国のグランドマスターを倒し、未来が見えているとまで称されたその頭脳も完璧ではないということだろう。

しかし、そんなティリオンの考えは目の前に姿を現した緑色の巨人に、一瞬で消し飛ぶことになった。

(ゴブリンエンペラーか……!? いや、だとしてもあまりに大きすぎる)

魔素濃度が高い地域でごく稀に発生するゴブリンの最上位種、ゴブリンエンペラー。

脅威度8の災害級指定を受け、過去には都市を壊滅させた例もある化物。

だが、目の前のそれはそんな怪物さえも超越している。

(まさか、変異種……)

魔素濃度が異常に高い空間で発生する可能性が示唆《しさ》されている、格段に危険な個体である変異種。

(通常の魔物でさえ、変異種となると油断ならない相手だというのに、ゴブリンエンペラーの変異種なんて……)

ここまでの怪物は王子殿下も想定していないはずだ。

(このままでは戦いにすらならず蹂躙されるだけ。だが、何をすれば——)

すさまじい暴風が、大地を揺らしたのはそのときだった。

強烈な爆轟。

次々にめくれあがる大地と岩盤。

その一撃で、前衛のゴブリンたちは跡形もなく消し飛んでいる。

(なんて、でたらめ……)

目の前の光景が信じられなかった。

王国魔法界で最高火力を誇るガウェイン・スタークを彷彿《ほうふつ》とさせる規格外の破壊力。

加えて、その速度はティリオンが知る誰よりも速い。

おそらく、聖宝級《メイガス》魔術師を含めても最高峰。

魔力測定設備を破壊し、特級遺物を使う襲撃者と互角に渡り合ったという話は聞いていたが、まさかここまで……。

何より、ためらいなく緑の巨人へ駆けるその後ろ姿に、一瞬ティリオンは見とれた。

(歴戦の精鋭たちが立ちすくむ巨人を前に、最も危険な一番槍を)

その心の強さにティリオンは身震いする。

驚異的な才能。

経験豊富なティリオンでさえ、力の全容をまるで把握できない怪物。

(この子、いったい……)

◇　◇　◇

ゴブリンエンペラーは、私が知っている魔物とは次元が違う怪物だった。

大木を雑草みたいに引き抜く驚異的な力。

放つ一閃は人智を超えた大災害そのもの。
余波として飛び散る石の礫《つぶて》や土塊でさえ、当たれば一撃で戦闘不能になりかねない。
――なら、最優先は当たらないこと。
《固有時間加速《スペルブースト》》
加速した世界の中、攻撃をかわす。
私とルークが囮になることで敵を引きつけ、先輩たちの魔術砲火で体力を削る作戦。
魔法陣が幾重にも展開する。
磨き抜かれた連携。
先輩王宮魔術師さんたちの魔法が轟音と共に炸裂する。
しかし、薄煙が巨体を覆った後、現れたその姿に私は絶句することになった。
あれだけの攻撃で、傷ひとつついていないなんて……。
いくら対都市級の怪物だといっても、この耐久力は異常すぎる。
おそらく、変異種。
肌が変異して強力な魔法耐性を獲得しているんだ。
「どうする？　単純な力押しでは勝てない相手だけど」
ルークの言葉に、私は言う。
「任せて。作戦がある」

隣で、サファイアブルーの瞳が揺れた。

「教えて」

うなずく。

私は作戦を伝える。

「耐久力が高い相手なら、耐えられなくなるまで最大火力で殴り続ければ良い。これぞ、どんな状況でも対応できる最強の作戦」

「……君に少しでも期待した僕が愚かだったよ」

「なんで!?　名案じゃん！」

完璧な作戦だと思ったのに。

抗議する私に、ルークは言う。

「いつも通り指示は僕が出す。合わせて」

納得いかない部分もあったけど、大人な私は受け入れてあげることにする。

二人で戦うときはいつもルークが作戦立ててたしね。

「目に魔法を集中。視界を潰して」

指示通り魔法を放つ。

目には他の部分ほどの耐久力がないのだろう。

巨人は腕で攻撃を防ぎながら、私たちに向け大木を一閃させる。

しかし、それこそがルークの狙いだった。
視界の端に、目にも留まらぬ速さで巨人との間合いを詰める一人の騎士が映る。
明らかに只者ではないその踏み込み。
王子殿下が指名したという凄腕の第二師団長――ビスマルク・アールストレイム。
咄嗟に、私は魔法を起動した。
《固有時間加速《スペルブースト》》
対象の固有時間を加速させる補助魔法を、第二師団長さんに使用する。
動きが加速すれば、攻撃の威力は跳ね上がる。
加速する身体。
磨き抜かれた剣技は、ゴブリンの強靭《きょうじん》な肌を両断した。
瞬間、ルークが裂けた肌の隙間に魔法を放つ。
《拘束する麻痺雷《パラライズライトニング》》
閃光――
その美しさに私は見とれた。
第二師団長さんの鼻先をかすめ、一切の無駄なく傷口の一点に殺到する電撃の軌道。

他の人からすれば、見過ごしてしまうくらいのことかもしれない。
だけど、ずっと魔法に打ち込んできた私だからわかる。
人間業とは思えない魔法制御力。

そして、その裏にある途方もない汗の量を。

巨体の動きが目に見えて鈍る。
あんなに大きな怪物を一撃で麻痺状態にするなんて。
ルーク・ヴァルトシュタインは天才で。
それ以上に誰よりも努力家で。
だから最速で聖金《アダマンタイト》級になって、私のずっと先にいる。
追いつけるような相手ではないのかもしれない。
それでも、あきらめたくないんだ。
昔みたいに隣で競い合いたいって、そう願わずにはいられなくて。
だから――
ルークが私に向け、何かを伝えようとする。
だけど言葉が届く前に、何をするべきか知っていた。

少しでもルークに近づけるように、今できる自分の全力を叩き込む。
絶対にいつか追いつくから。
その決意と覚悟を込めて――

《烈風砲《ウインドブラスト》》

その魔法は、いつも撃っているそれよりも少しだけ綺麗な軌道を描いた。
多分ルークの閃光を見たからだと思う。
ルークほど上手にはできないけど、傷口の僅かな隙間に集中して放たれた風の大砲。
轟音と、舞い上がる土煙。
巨人の身体が大きく揺れる。
膝が折れる。
大地が揺れる。
致命傷というわけではない。
しかし、戦いを続行する上では大きな重荷になる傷。
ただでさえ麻痺状態の巨体はさらに動きが鈍る。
戦況が一気に私たち有利のものに変わる。

決着がつくまで、時間はかからなかった。
先輩たちと騎士さんたちの猛攻。
第二師団長さんの一閃が炸裂して、巨人はぴくりとも動かなくなった。
隣で、ルークが私に微笑む。
「さすが」
気づかされる。
ルークは、間違いなく近い将来聖宝級《メイガス》魔術師になる。
はるか先にいる親友でライバル。
負けたくない。
また、対等に競い合える私になりたい。

——だったら、私だって聖宝級《メイガス》を目指さなくちゃ。

無理だってみんなに笑われるような大きすぎる目標。
それでも、私は私をあきらめたくなくて。
だから、大きすぎる夢を大切に胸に秘める。
いつかまた、隣で対等に競い合える私になれますように。

そんな願いも、今はまだ言わない。

◇　◇　◇

《赤の宮殿》と称えられる大王宮の一室。

ワインレッドの絨毯に、銀水晶の彫刻。

飾られた名画は、ひとつ売っただけで働かずに一生を終えられる逸品たち。

品の良い香りが漂うその部屋は、第一王子ミカエル・アーデンフェルドの執務室だった。

「どうだった？」

ミカエルの問いは、自身が召集するよう厳命した新人魔法使いに対してのもの。

対して、向かいのソファーに座る騎士——第二師団長ビスマルク・アールストレイムが答える。

「予想以上でした。ゴブリンエンペラーの変異種を前にしても、臆することなく最前線で奮戦。規格外の速さで猛攻をすべてかわし、驚異的な火力で戦況を決定的なものにしました。加えて、彼女には単純な魔法の腕以上の能力があります」

「ほう」

興味深げに言うミカエル・アーデンフェルド。

「続けてくれ」

「私が剣技を放つ直前、彼女は私に補助魔法をかけました。戦いの中で、私の意図を瞬時に理解し、攻撃の威力を最大化する補助魔法を選択。距離があったにもかかわらず無詠唱で完璧に成功させる。あの状況でそれができる魔法使いが他にいるとは思えない」

ビスマルクは続ける。

「激戦の中での視野の広さと落ち着き。そして卓越した状況判断能力。ノエル・スプリングフィールドは通常の魔法使いとしては測れない何かを持っている。私はそう感じました」

「王国で剣聖に次ぐ騎士である貴方に、そこまで言わせるか」

感心したように息を吐いて、第一王子は言う。

「俺の予測の上を行くとはな。面白い」

ビスマルクはその笑みに、内心驚く。

様々な分野で傑出した成果を上げ、王国中からその将来を期待される第一王子、ミカエル・アーデンフェルド。

しかし、その名声と裏腹に彼はいつも退屈そうだった。

ここ数年で彼が笑みを見せたのは、周辺国で最強と称えられるチェスのグランドマスターに敗北したときだけ。

しかし、そんな時間も数戦もすれば終わってしまった。

『負けました。悔しいが、貴方は私より強い』

うつむき、絞り出すような声で言ったグランドマスター。

その言葉に、王子殿下は『そうか』と目を伏せただけだった。

落胆。

そこには一匙の寂しさも混じっているような気がビスマルクはした。

傑出しているがゆえの退屈と孤独。

《王の盾《キングズガード》》として、ビスマルクは誰よりも近くでそんな王子殿下の姿を見てきた。

だからこそ、気づく。

ミカエル王子殿下は、ノエル・スプリングフィールドに興味を抱いているのかもしれない。

自身の想像を超える存在として、退屈な世界を打ち破ってくれるのではないかと期待して。

「再度《王の盾《キングズガード》》の打診をしておきましょうか。ゴブリンエンペラーの変異種となると、その脅威度は10以上。間違いなく彼女の階級は上がります。今回は引き抜ける可能性も高いと思われますが」

「いや、このままでいい。ガウェイン・スタークの言うことにも一理ある。咲こうとしている花を手折ってしまっては何の意味もない。物事には適切な頃合いというものがある」

ミカエル・アーデンフェルドは窓の外を見つめて言う。

「まだもう一騒ぎあるだろうしな」

「もう一騒ぎ、とは？」

「皇国の皇妃暗殺未遂事件。北部で発生した伝染病。突如《薄霧の森》に現れた本来いるはずのないゴブリンエンペラーの変異種。偶然にしてはさすがに続きすぎだと思わないか？」

「まさか――」

息を呑むビスマルク。

「次があるなら西部地域。俺はそう読んでいる」

黄金色の瞳を細めて第一王子は言った。

「さあ、今度は何を見せてくれるのかな」

◆　◆　◆

納品した水晶玉に問題があるとの報告。

ギルド長と副ギルド長は、侯爵様の邸宅に急いだ。

「問題とは、いったいどのようなことでしょうか！」

息を切らせ駆け込んで来た二人を見て、侯爵様は重たい息を吐いた。

「それは、君たちが一番わかっているんじゃないのかね」

昼の日差しが射し込む窓の外を見て続ける。

「説明してみなさい。どうしてあんなことをしたのか」

諭すような口調に、ギルド長の背筋は凍る。

（何だ……？　この方は何をお怒りになっている……？）

納入期限は守ったはずだ。

製品の質にも問題はない。

高いコストを払って高品質の水晶玉を仕入れ、自らの手でさらに磨き上げたのだ。

今まで出荷していたものよりもはるかに質の良いものになっていることは間違いない。

（で、あれば勝手に製造法を変えたことか……！）

「申し訳ありません！　しかし、我々は常により良い魔道具を作るべく研鑽に励んでおります。変化を恐れて進化はありません。リスクを取って前に進む。それが我々のやり方です。たしかに、今までとやり方を変えたことで驚かれる部分もあるかと思います。しかし、優れた審美眼を持つ侯爵様ならこの新しい水晶玉の価値もおわかりになることかと」

侯爵様は何も言わずギルド長の言葉を聞いていた。

沈黙。

やがて、言った。

「そうだね。私にはこの水晶玉の価値がわかる」

侯爵様は淡々と続ける。

「どこかから仕入れた完成品の表面を取り繕い、形だけ以前のそれに似せている。たしかに、見た目の美しさだけで言えばこちらの方が上だろう。しかし、あの水晶玉にあったすべてはもうそこにはない。才能ある職人が自らの魂を削って到達した奇跡は失われてしまった」

侯爵様は、ギルド長に視線を向けて言った。

「君たちが作ったものは、偽物だ」

ギルド長は、その言葉の意味が理解できない。

あれだけ時間と金を掛けたのに、どうして……？

「お待ちください！　何をおっしゃっているのかわかりかねます。新しい水晶玉の方が以前のそれよりはるかに優れているはずです。侯爵様は何か勘違いをなされているのでは」

「君は何もわかっていないのだね」

冷ややかな声がギルド長を焦らせる。

なんとかして、この場を切り抜け侯爵様との関係をつなぎ止めなければ。

「申し訳ございません。今回はご期待に応えられなかったかもしれません。しかし次は！　次は必ずご期待に応えて見せます。製造法も以前のものに戻しますので」

「戻せるのかい？」

「もちろんです。以前できていたことができなくなる理由はどこにもないでしょう？」

安心させるように微笑むギルド長。

しかし、返ってきたのは冷たい声だった。

「君たちのことを調べさせてもらった。自分の見る目のなさに頭を抱えたよ。製品があまりに素晴らしかったことで冷静さを欠いていた自分を恥じずにはいられなかった。でも、仕方ないだろう。まさかあの奇跡がここまで劣悪な環境下で作られていたなんて誰が想像できる？」

侯爵様は言う。

「水晶玉の製作を担当していた魔道具師を役立たずと蔑《さげす》み、解雇したそうだね。君たちのところを逃げだした職人の一人が教えてくれたよ。あの奇跡はすべて、その魔道具師の仕事だったと」

「失礼ながら、何か大きな勘違いをされていると言わざるを得ません。たしかに以前水晶玉製作を担当していた者は解雇しました。しかしそれはその者に能力が足りなかったから。それだけのことです。辞めた者の言葉を信じておられるようですが、その類いの人間が以前の勤め先を悪く言うのは当然のことでしょう。真実はまったく違いますからどうかご安心をして――」

「私が彼の言葉の裏取りをしなかったと？」

刺すような視線。

侯爵様は続ける。

「知らないようだから教えてあげよう。君たちのギルドの評判は今大変なことになっている。他から仕入れた完成品を使った偽装表示。小口の取引先に対する不当な扱い。生死に関わるほど劣悪な環境で魔道具師たちを働かせていたことも問題になっている。既に組合も動いているんだよ。近く業務停止命令が下るだろう。君たちのギルドは魔道具師ギルドとしての資格を剝奪される」

その言葉に、ギルド長は呼吸の仕方を忘れた。

業務停止命令……？

そんなバカなことがあっていいはずが……。

目の前にあったはずの成功が。

そして、今まで積み上げてきた栄華のすべてが崩れ落ちていく。

「良い機会だと思うよ。魔道具にも職人にも愛がない君たちにこの仕事は向いていない。早く他の仕事を探しなさい」

ギルド長は侯爵様に言葉を返さなかった。

幽鬼のような足取りで部屋を出る。

副ギルド長が慌てた様子で一礼し、後を追う。

屋敷を出るその表情からは、一切の感情が抜け落ちていた。

どこだ……？

どこで間違えた……？

答えはすぐに出た。

崩壊のきっかけはただ一人。

役立たずの下っ端魔道具師を解雇したこと。

もはや受け入れるしかなかった。

侯爵様も、そして大公殿下も見る目が無かったわけではない。
作っていたものの価値を正確に見極め、その上ですべてが動いていた。
小さな下っ端魔道具師は、劣悪な環境下で誰よりも優れた仕事をしていたのだ。
どんなに悔やんでも悔やみきれない。
ただ一人を切り捨てたことで、積み上げてきた一切が失われようとしている。
業務停止命令。
ギルド資格の剝奪。
「あるわけがない……あっていいわけが……」
しかし、どんなに否定しても目の前の現実は何も変わってくれない。
ギルド長は彷徨うように屋敷の外に停めた馬車の前にたどり着く。
目に留まったのは荷台に積まれた数個の水晶玉。
自身の転落を決定づけたそれを見つめる。
揺れる瞳。
よろめきながら、そのひとつを手に取る。
この仕事さえうまくいけばすべてを摑むことができたのに。
もう人間ではいられなかった。
「あああああああああああああ」

絶叫と共に水晶玉を地面に叩きつける。
制止する副ギルド長の声も届かない。
次の水晶玉を摑み、破壊し続ける。
絶え間なく響く破砕音。
一面に散らばる破片。
「くそ、どうしてッ……どうしてこの私が……ッ！」
荷台にあったすべての水晶玉を破壊するまで、彼は獣のように暴れ続けていた。

第6章　漆黒の巨竜

朝五時。
出勤の三時間前に起きた私は、寝ぼけ眼をこすりながら身体を起こす。
お布団はあたたかくて気持ちよくて。
がんばるのは明日からでいいんじゃない、と甘い誘惑。
意志が弱い私はお布団にくるまって、追加でもう五分だけ寝て。
それから、覚悟を決めてえいっとベッドから抜けだす。
朝の冷たい空気。
真水で顔を洗い、無理矢理眠気を払う。
本当はもっと眠っていたいけど。
でも、それじゃきっとあいつには追いつけないから。
そのためには、やりたくないこともしないといけない。
『負けないぞ！』って張り合える自分になるために。

なりたい自分になるために。

軽装に着替えて、お母さんを起こさないよう気をつけつつ外へ。

まだ薄暗い王都を私は走る。

「がんばってるね、ノエルちゃん！」

新聞屋さんに挨拶しつつ、やると決めた特別トレーニングメニューをこなしていく。

『練習メニュー？　ええ。私で良ければ協力するけど』

同じ女性の魔法使いで、憧れの大先輩なレティシアさん。

教えてもらった練習法を自分なりにアレンジして作った練習メニューは、なかなかにハードで、
一通り終わらせるだけでも一苦労。

でも、絶対にあいつはもっとやってるから。

これくらいしないと、追いつくなんてできないから。

私は私のやり方で、追いつけるようがんばるんだ。

シャワーを浴び、魔法で体力を回復させてから制服に着替えて、王宮へ。

「最近すごいがんばってるよね。何かあった？」

ルークがそんなことを言うので、

「別に？　気のせいじゃない？」

とごまかしておいた。

警戒されて、ルークに練習量を増やされたら、追いつくのがもっと大変になっちゃうからね。

油断させ、気づいていない間にたくさん練習して、一気に距離を詰める！

これぞ、天才的な頭脳を持つ私が編み出した秘策——こそ練大作戦！

ふっふっふ、頭の良いルークもこの企《たくら》みには気づいていないはずだ。

「もう一本お願いします！」

王宮魔術師団の練習でも、ルークより少しでも多くできるように意識して。

休憩中は、読むのを避けてきた苦手分野の魔導書を読む。

歴代最速最年少で昇格を重ねる親友。

負けたくないなんて、地方の魔道具師ギルドでさえ通用しなかった私にとっては笑われちゃうくらいに大きすぎる目標で。

それでも、あきらめたら本当に無理になっちゃうから。

世界中すべての人が無理だと言っても、私は私を信じてあげるって決めたんだ。

「お前、今日から蒼銅《ブロンズ》級な」

そんな絶賛『がんばるぞ！』モードの私は、ガウェインさんの言葉に頭を下げて言った。

「ありがとうございます！」

二度目の二階級特進。

ゴブリンエンペラーの討伐と、魔法薬研究班でのお手伝いが評価されたのだとガウェインさんは教えてくれた。

「班長のインテリメガネが褒めてたぞ。あんなに仕事ができる助っ人は初めてだとよ」

がんばってよかった、とうれしくなる。

きっと一生懸命やっていたのを評価してくれたんだろう。

目標に向けて、大きな追い風だ。

蒼銅級《ブロンズ》は第六位。

聖宝級《メイガス》はまだまだ先だけど、一気に二つ昇格できたのは大きい。

歴代二位の速さとして宮廷でも話題になっているのだとか。

聞かなくてもわかる一位の誰かさんにまた負けたのは悔しいけど。

でも、今はそれでいい。

これから、負けない私になるんだから。

心の中でぐっと拳を握る私に、ガウェインさんは意外そうに言った。

「今回は前みたいに変な顔しないんだな」

「変な顔？」

「白目剝いてぽかんと口開けてたじゃねえか、前のときのお前」

そんな残念なことになっていたらしい。

たしかに、衝撃すぎて言葉が出なかったのは覚えているけど。

でも年頃の女子としては、その情報は心の中にとどめておいて欲しかった。

そう抗議すると、

「悪い悪い。でも、成長したってことだろ。前より」

とガウェインさん。

あまり実感はなかったけど、そうならいいと思う。

「目標ができたんです」

「目標？」

「はい。負けたくないやつがいるというか。あ、無謀すぎて笑われちゃう感じのことなので詳細はちょっと言えないんですけど」

少し恥ずかしくなって笑った私に、

「負けたくないやつ、ね」

ガウェインさんは真面目な顔で言った。

「お前、聖宝級《メイガス》を目指す気だろ」

その言葉に、私は硬直する。

「な、なんでわかったんですか……？」

「お前、わかりやすいからな」

絶対にバレないよう、気をつけていたはずなのに。

そんな私の秘めた気持ちまで見抜いてしまうなんて。

私と同じでいかにも大ざっぱそうなガウェインさんにそんな心の機微がわかるとは思えない。

つまり、これは——

「ごめんなさい！　ガウェインさんが胸の奥の秘密も見抜いてしまうくらい私のことをずっと見てるのはわかりましたけど、今は王宮魔術師のお仕事をがんばりたいのでお気持ちには応えられなくて——」

「だから違う！」

違ったらしい。

絶対にそうだと思ったんだけどな、と首をひねる私にガウェインさんは言う。

「レティシアに練習メニューの相談したんだろ。隊でのトレーニングでも随分気合いが入ってるって報告を受けてる。特に、ルークより一回でも多く練習しようと張り合ってる、と。そこまでわかればあとは察しがつく」

「お、お見事です」

さすが隊長さん。

部下のことをよく見てる、と感心する。

でも、そっか。

見抜かれちゃったか……。

「やっぱり、おかしいですよね。私がルークと競い合おうなんて」

否定されるのが怖くて、曖昧に笑った。

傷つきたくなくて張った予防線。

「は？　何言ってんだ、お前」

だけど、ガウェインさんはあきれ顔で言った。

「上を目指すのも目標を持つのもいいことだろ。否定されるようなことじゃない。違うか」

「でも、お前には無理だって笑われちゃうようなことだと思うんですけど」

「そういうやつには笑わせておけばいい。それだけ大きくて面白い夢だってことじゃねえか」

ガウェインさんはにっと笑って言った。

「お前ならできる。俺はそう思うぜ」

前の職場では否定されてばかりだった私だから。

そんな風に言ってもらえるなんて夢にも思ってなくて。

応援してくれる人もいるんだ。

うれしくて、にへらっとなっていた私に、ガウェインさんは言った。

「ただ、今マジで金がなくてな……。すまんが、褒賞はちょっと待ってくれ。給料入ったらちゃんと出すから」

困ったような声。

いまいち締まらないところも素敵な、私の上司さんだった。

◇　◇　◇

『レティシアさん！　魔法の練習法を教えてもらえませんか！』

小さな新人魔法使いがそう言ってレティシアを見上げたのは、薄霧の森でゴブリンエンペラーの変異種が討伐された翌日のことだった。

並の冒険者なら十年は自慢しても許されるような大戦果。

王宮魔術師としても十分すぎるほどの大仕事をしたにもかかわらず、彼女の目によろこびの色はなかった。

もっと強くなりたい。

心の底からそう思っている目。

トレーニングメニューやサプリメント。

知っている知識を伝えると、「知的でかっこいいです……！」と弾んだ声で言う。

不思議な子だった。

食堂で大食いチャレンジメニューを当然のように完食したり、今や誰も読まない難解な古典魔導書ばかり読んでいたり。

自分の好きなものに向け、一直線に没頭し突き進む性格。

その分、周囲の視線には鈍感で、今や王宮中から注目される存在になっているのに、当人はその自覚がない様子。

『みなさん、こんな私のことを本当にすごく評価してくれて。だから、私もがんばらないとって思うんです』

そういつも言っていた彼女。

だけど、今回はそこにもうひとつ理由が加わっていた。

『昔みたいに、あいつと対等に競い合える私になりたいから』

ルーク・ヴァルトシュタイン。

歴代最速で昇格を重ねた天才の背中を、彼女は本気で追いかけようとしているらしい。

『あいつにだけは負けたくないんです。難しいことかもしれないけど、でもあきらめたら、もっと大切な何かも一緒に失っちゃう気がして』

一生懸命で頑張り屋。

裏表がなく、誰にでも分け隔てなく接する彼女は隊のみんなにも好かれている。

「もう蒼銅《ブロンズ》か……やべえな、ちびっ子新人」

「誰がちびっ子ですかっ！」

普通これだけの早さで出世すれば、嫉妬から同僚に嫌われることも多いが、彼女に関してはまったくそんなこともない様子。

いつも彼女は人の輪の中にいる。

その姿は、追いかけている彼とはまったく違う。

王宮魔術師団に入団した頃の、ルーク・ヴァルトシュタインとは。

レティシアは思いだす。

あの頃、感情のない機械のように成果を積み上げ、誰よりも早く昇格を重ね続けた新人時代の彼のことを。


成果を上げることに極限まで最適化された機械。

それが、当時のルーク・ヴァルトシュタインに対して皆が共有していたイメージだった。

周囲との関わりを無駄だと遠ざけ、出世に繋がる仕事を見つけては誰よりも早く傑出した成果を上げ続ける。

その姿は嫉妬を通り越して畏怖《いふ》の対象だった。

睡眠をほとんど取らず、誰よりも早く来て、誰よりも遅く帰る。

休日だろうとそれは変わらない。

心配した上官が諫《いさ》めても、状況は変わらなかった。

非番の日だろうと関係なく勝手に仕事をし、ただひたすらに結果を出し続ける。

「いい加減にしなさい。身体が持たないわよ」

ある昼下がり。

呼びだして言ったレティシアに、彼は目も合わさずに言った。

「身体なんてどうなってもいいんです。もっと大切なものがありますから」

自分の身体より大切なもの。

その言葉に、レティシアは嫌悪感を覚えた。

そこまでして出世がしたいのか、と。

ヴァルトシュタイン公爵家の次期当主として結果が求められる立場なのはわかる。

名家の出身である彼に複雑な事情があるだろうことも、貴族家の娘であるレティシアは理解している。

しかし、だからと言って、偏執的なまでに名誉欲に取り憑かれた人間を好きにはなれない。

「好きにやらせとけばいいだろ。身体を壊したところで、もう大人なんだ。自分で責任を取ればいい。痛い思いをしないとわからねえこともある」

放任主義な隊長の言葉ももっともだったが、自分には上官としての責任がある。

「何も食べてないでしょう、貴方」

嘆息しつつ、買ってきたパンを押しつける。

彼は驚いた様子で瞳を揺らしてから、

「……ありがとうございます」

と言った。

育ちが良いからだろうか。

意外と素直なところもあるらしい。

それから、レティシアは目を離せばすぐに食事を抜く彼に、食べ物を押しつける係になった。

言うことを聞かない自分勝手な猫に餌を与えているみたいな感じだ。

（理解できないわ。どうしてそこまでして出世したいのか）

演習場で手帳を拾ったのはそんなある日のことだった。

ヴァルトシュタインの家名が刺繍されているのを確認し、届けてあげようと拾い上げたレティシアは、不意に中から何かがこぼれ落ちたことに気づく。

魔動式の写真機で撮られた三枚の写真。

そこには、撮られていることに気づいていない小柄な少女が写っていた。

（妹さん……？　いや、この感じは多分……）

もう何年も前から、ずっと持ち歩いているのだろう。

所々傷んだその写真。

なんとなく、彼が言う大切なものがわかった気がした。

それから月日は流れ、レティシアはルーク・ヴァルトシュタインのことを少しずつ理解していった。

結果、そこにあったのは想像していたのとはまったく違う人物像。

だって、いったい誰が想像できただろう。

どんなものでも手にできる恵まれた立場にいる天才――ルーク・ヴァルトシュタインが、片思いしているたった一人の隣にいたいがために、身を削りながら成果を上げ続けていたなんて。

寄ってくる相手は星の数ほどいるに違いない。

彼ほどの外見と立場なら、家柄も器量もいくらでも優れた相手を選べるはずで。

身分差を考えれば、どう考えてもその方が波風を立てずに幸せになれるのに、
その一切を拒絶し、たった一人の隣にいようとする。

これはとんでもない大莫迦者だ。

涼しげな見た目の印象とはまったく違う。

要領よく器用にこなしているように見えて、陰で膨大な量の準備と練習を積み上げる努力型なのもそう。

本当に愚直な人間なのだ、この男は。

聖銀級《ミスリル》に昇格してからは人当たりも良くなり、周囲の心証もいくらか改善された。

「人って成長するものだなぁ」なんて、何も知らない同僚は言っていたが、その本当の理由を知っ

ているレティシアは嘆息することしかできない。

『友達が職場でうまくやれてなかったら、多分あいつは心配すると思うんですよ』

行動理念が無駄に一貫している。

うっかり餌付けしてしまったがゆえに、情が湧いてしまったレティシアは心配でならない。

(ほんと、危なっかしいったらないわ。あの子のためなら、他のすべてを敵に回しても全然構わないって感じだもの)

そんな不安が現実になりかねないことが明らかになったのはつい先日のこと。

「あの子、《王の盾》《キングズガード》から引き抜きの打診があったわよ」

レティシアの言葉に、彼はうなずいた。

「知ってます」

「いいの？　そうなると、相棒《バディ》としての関係もなくなるけど」

「ノエルが嫌じゃないなら。僕のわがままであいつの可能性を縮めるのは違うと思いますから」

「もし、あの子が嫌がったら？」

「どんな手を使っても阻止します」

「相手は王子殿下よ。下手なことをすれば貴方もただでは――」

「関係ありません。ノエルの方がずっと大切なので」

完全に覚悟が決まってしまっているから、性質《たち》が悪い。

たとえこの国を、いや世界中を敵に回すことになっても、彼はためらいなく彼女の側に立つ。

自分が何を言ってもそれは変わらない。

変えられるのは、きっと一人だけ。

なのに、肝心のその一人は、まったく何も気づいていないし。

(面倒なことにならないよう、根回しとフォローだけはしておかないと)

世話のかかる二人の後輩に、ため息をつくレティシアだった。

◇　◇　◇

ある日のお昼休み。

たっぷりごはんを食べて、午後の仕事に向けての元気を補給した後のことだった。

「西部地域への遠征任務?」

聞き返した私に、ルークは言った。

「そう。また王子殿下のご指名だって」

言葉の意味を理解するまでに少し時間がかかった。

二回目だけど、未だに現実感がまったくない。

地方の魔道具師ギルドを解雇されて、働くところもなかった私のはずなんだけど。

どうしてこんなことになっているのだろう？

とはいえ、ありがたいお話なのは間違いない。

階級も上がってるし、得意分野の魔法戦闘では王宮魔術師としても通用してるということ。

「でも、どうして遠征を？」

「詳細は伏せられてる。ただ、召集されたのは《薄霧の森》でのゴブリンエンペラー討伐に参加していた者たちだ。おそらく、近いうちに何かがあるんじゃないかと僕は推測してる」

「また、災害指定の魔物が出るってこと？」

「その準備はしておくべきだと思う」

ルークの言葉に、私は隠れて拳を握る。

強い魔物が出るということは、私が成果を上げるチャンスでもある。

がんばって早く昇格すれば、今度はルークの最短記録だって更新できるかもしれない。

更新して、思いきり自慢してやるんだから！

密かに決意する私だったけど、しかしひとつだけ気がかりなことがあった。

「遠征任務には是非参加したいんだけど、その前に二日ほどお休みがほしいんだよね」

「何かあるの？」

「お母さんが地元の同窓会に出るんだけど、一人じゃ不安だからついてきて欲しいって言ってて」

西部地域の辺境にある、私が魔道具師時代住んでいた町。

王都から向かうには馬車を手配したり、御者さんに道を教えたりしないといけなくて。

田舎育ちで、そういう手続きが不得手なお母さんなので、私の手を借りたいということらしい。

「ごめん、有休なんて都市伝説だし無理なお願いなのはわかってるんだけど……」

おずおずと言った私に、

「いや、全然無理なお願いじゃないから」

ルークはあきれ顔で言ってから微笑んだ。

「ゆっくり親孝行しておいで」

驚いたことに、本当にあっさり有休が取れてしまった。

制度上存在はしてるけど、現実的には病気か身内に不幸があったときくらいしか使えないものだと思ってたのに。

恐るべし、ホワイト労働環境……！

こうして、私はお母さんと共に西部辺境の町へ向かうことになった。

「ねえねえ、ノエル。あの方とは最近どうなの？」

「だからルークとはそういうのじゃないから」

お母さんの『結婚しろ』攻撃を聞き流しつつ、馬車に揺られる。

到着した田舎町で、お母さんはにっこり目を細めて言った。

「ありがと。行ってくる」

「うん、行ってらっしゃい」

同窓会の待ち合わせ場所へ向かうお母さんを手を振って見送る。

久しぶりに見る町は、全然変わってなくて。

思いだされるのはちょっと嫌な思い出。

『まったく。三年勤めてまだ誰にでも作れる水晶玉しか作れないとは。お前のような出来損ないを雇っているこちらの身にもなってほしいよ』

仕事ができなくて役立たず扱い。

解雇されてしまった前の職場。

魔法を使える仕事がしたくて。

だけど、どこに行っても雇ってもらえなくて。

『申し訳ありませんが、今回貴方の採用は見送りたいと思っています』

私は必要とされてないのかなって落ち込んでいたあの頃の記憶。

なんとなく、前の職場には近づきたくなくて。

逃げるように、反対方向へ歩きだす。

不意に聞こえたのは背後からの声だった。

「ノエル……！　ノエルだよね！」

どこかなつかしい弾んだ声。

振り向いた私は、大人になったその姿に胸の高鳴りを抑えられなかった。

「え、ニーナ!?　うそ、久しぶり！」

ニーナ・ロレンス。

魔術学院入学前、毎日のように遊んでいた友達がそこにいた。


ニーナと出会ったのは、私が木登りと虫取りに明け暮れていた頃のこと。

悪ガキにいじめられていたニーナを、助けたことがきっかけだった。

『究極最強魔法使いノエル参上！　この子をいじめたいなら、私を倒してからにすることね！』

当時の私はやんちゃ盛り。

身体の中のエネルギーをとにかく外に発散したくて仕方なくて、罪悪感なく殴れる周囲のいじめっ子を倒して回っては、『西で一番やべえ女』として悪ガキたちから恐れられていた。

『くらえ！　ウルトラスーパーファイナルマジックパンチ！』

私は憧れの魔法使いに近づきたくて仕方なくて。

だけど、魔法の使い方なんてわからないから、とりあえず拳でなんとかしていた。

『くそっ！　おぼえてろーっ！』

『ふふん！　正義は勝つ！』

そんな感じで四百戦無敗を誇っていた私だけど、気がつくと助けた子たちから慕ってもらえるようになって。

ニーナはそんな私を特に好きになってくれた女の子だった。

裕福なお家のお嬢様なニーナは、田舎町に引っ越して来たばかり。

うまく馴染《なじ》めなくて。

いじめっ子たちに目をつけられて。

悩んでいたところを私に助けられたらしい。

『ノエルちゃんってすごいね！　かっこいい！』

褒めてくれるのがうれしくて。

いっぱい話しかけに行ってたら、ニーナは私についてくるようになった。

木登りのコツや、いじめっ子を殴るときのパンチの打ち方を教えると、ニーナは目を輝かせて聞いてくれる。

お嬢様育ちのニーナからすると、玩具を買ってもらえなくてずっと野山を駆け回っていた私の日常はとにかく新鮮だったらしい。

『私、ノエルちゃんみたいになりたいな』

ある日、ニーナは私に言った。

『自分より大きな男の子に向かっていって、いじめられてる子を助けて。私には無理かもしれないけど、でもちょっとでも近づきたいって思う』

そんな風に言われるのは初めてで、すごくうれしくて。

だけど、同時に私もニーナに憧れていた。

その辺の草をおやつ代わりに食べてた私と違って、ニーナは所作のひとつひとつが上品だった。

ヴァイオリンが弾けて、絵も上手で。

何より、ニーナの家には本がたくさんあった。

私がどんなに読みたくても読めない魔法の本もいっぱいあって。

本当にうらやましい。

そうため息をついた私に、ニーナは言った。

『ノエルちゃんなら、好きなだけ借りていっていいよ？　ひいおじいちゃんの本で、今はもう誰も読んでないから』

その言葉が、私にとってどれだけありがたかったか。

色あせた魔導書たちを夢中で読んだ。

私が古い魔導書を好んで読むようになったのは多分この経験があったからだと思う。

王都の魔術学院に合格できたのも、実はニーナが勉強できる環境をくれたおかげで。

だから、私はニーナに本当に感謝している。

学院に通い始めてからも、帰省してまた一緒に遊べるのを楽しみに待っていたっけ。

だけど、帰省初日。

いつもの道の先で私は立ち尽くした。

ニーナのお屋敷にはもう誰もいなくなっていた。

『ロレンスさん？　ああ、お引っ越しになられたのよ。娘さんの呼吸器の病気がよくなったからって』

裕福なお家のお嬢様なニーナだから。

一緒にいられたのは子供だったからなんだと気づいたのは大人になってからのこと。

もう二度と会えないのかな、と思っていたから、突然の再会が本当にうれしい。

話したいことはたくさんあって。

だけど、どれから話していいかわからなくて言葉に詰まる私に、ニーナはふふっと微笑んでから言った。

「王宮魔術師になったんだよね」

「知ってるの!?」

「うん。名前を聞いてすぐわかった。大活躍だって聞いても私は全然驚かなかったよ。だって、ノエルだから」

あの頃と変わらないやさしくて落ち着く声。

「いや、社会の荒波に揉まれて結構大変だったんだけどね。一時は働くところもなかったし」

「女子で魔法職ってなると難しいもんね。わかる。私も苦労したから」

「ニーナも？」

「でも、がんばっていれば絶対にまた会えるって信じてた」

ニーナはにっこり目を細めて言った。

「今日これから時間あるかな？　私は大丈夫なんだけど」


私は住んでいた頃、いつも通っていたお店にニーナを連れて行くことにした。

町の冒険者ギルドに併設された《満腹食堂》。

幾多の戦士たちが集う戦場の暖簾をくぐる。

私の顔を見て、店主さんは瞳を揺らした。

「久しぶりだな、嬢ちゃん」

「はい。お久しぶりです」

覚えててくれたんだ、と少しうれしい。

「何にする？」

「満腹定食でお願いします。ニーナは？」

「では、私は日替わり定食を」

手際よく調理する店主さん。

周囲のテーブルにいたお客さんが私を見て言う。

「おいおい、死んだだろあの嬢ちゃん」

「あんな子供が満腹定食頼むとか」

誰が子供だ。

私は知性と品格を兼ね備えた色気あふれるセクシー系大人女子だと強く抗議したい。

ちくしょう、許せねえ。

目に物見せてやる……！

二十分後、綺麗さっぱり完食した私に、お客さんたちは呆然としていた。

「嘘、だろ……」

「どんな胃袋してんだよあの嬢ちゃん……」

やれやれ、圧倒的大食い力を誇る私を甘く見ないでもらいたいね。

どや顔でお茶を飲む私に、ニーナは笑って言う。

「ノエルちゃんって昔から本当によく食べるよね」

「そうだった？」

「うん。家で食べたとき、あまりに食べるからいつもクールなお母様が白目剝いてたもん。あれ、可笑しかったなぁ」

思いだされる昔の記憶。

そうだ。

ニーナの家のごはんがあまりにおいしくて、ここで二日分食いだめしちゃおうみたいなテンションで食べるようになって。

それから、大食い力が劇的に上がっていったんだっけ。

全然気づいてなかったけど、今思えば大分迷惑な子供だったかもしれない。

「あの……今さらだけどごめん……」

「なんで？　私は本当に感謝してるんだよ。ノエルちゃんは、私を退屈な毎日から救い出してくれたの。我慢しなくていい。良い子にしてなくてもいいんだって」

そう言ってくれるのはうれしいけど、かなり悪い影響を与えてしまっている気がする。

裕福なお家のお嬢様に木登りと悪ガキの殴り方を教えるって……。

冷静に考えればなにやってるんだ、昔の私……。

若き日の行いを振り返って頭を抱える私に、ニーナは言った。

「私が魔法医師になったのもノエルちゃんの影響なんだよ。教えてくれた回復魔法がきっかけなんだから」

「え、魔法医師をしてるの？」

驚く。

魔法医師は国家資格が必要な狭き門だ。

優秀な極一部の人しかなれない、魔法職の中でも最難関のひとつのはずなのに。

「女性で魔法医師ってまだほとんどいないんじゃないの？　すごいね、ニーナ」

「えへへ。もっと褒めてくれるとうれしいなって」

「頭良い！　かっこいい！　ニーナ天才！」

「ふふふ」

ニーナはうれしそうだった。

そっか、魔法医師なんだ。

すごいなぁ。

感心する私に、ニーナは言う。

「でもね。実はもうひとつ別の仕事をしてるの。これ聞くと、ノエルは驚くと思うなぁ」

「何の仕事？」

「冒険者」

「え？」

予想以上に意外な言葉が信じられなくて聞き返す。

ニーナはいたずらっぽく笑って言った。

「回復術士《ヒーラー》として冒険者をしてるの」

冒険者は身分、家柄を問わず誰でもなることができる職業だ。

なのでそのほとんどが平民出身。

上流階級には軽んじてバカにする人も多いと聞く。

だからこそ意外だった。

どうしてお嬢様なニーナが冒険者を？

聞いた私に、ニーナは言った。

「冒険者は町や村を襲う魔物から人々を守るお仕事でもあるでしょ？　魔物の暴力から、弱い立場の人たちを守れる自分になりたかったの。ノエルちゃんが私にしてくれたみたいに」

「尊敬する。本当にすごいよ、ニーナは」

大人になったニーナはなんだかきらきらしてて、まぶしくて。

そんなニーナを心から祝福できる自分でいられるのがうれしかった。

『実は仕事がうまくいってなくて』

前にここで昔の友達と再会したときには、

『つい比べちゃって、心からお祝いできなくて。ごめんね、私ダメなやつだ』

心からお祝いできない私がいたから。

本当に、王宮魔術師として拾ってもらえてよかった。

誰にも必要とされずにいた私を、見つけてくれてありがとう。

声をかけてくれた親友に、改めてそう思う。

「でも、私はノエルの方がすごいと思うよ」

ニーナがそんなことを言うので、

「ふふふ。もっと言って」

と甘えてみることにした。

「かっこいい！　最強！　天才！」

「えへへ」

二人で昔みたいに笑い合う。

お互いに褒めあって照れあって。

楽しい時間はあっという間に過ぎていった。


「竜の山における濃霧の異常発生？」

厳格な両親に内緒でBランクの冒険者としても活動しているニーナは、その調査のためにこの町に滞在しているらしい。

「そう。原因不明の白い霧が出ていて、冒険者ギルドでも入山規制がかかっているの」

竜の山は西部国境の先、未開拓地にある。

指定難度7。Cランク以上の冒険者しか入れないこの場所は、希少な薬草や魔鉱石が採れることで有名だった。

とはいえ、登頂していいのは第二層と呼ばれる下層の地点まで。

そこから先に進むことは厳しく禁じられている。

かつてこの山の最上層に挑んだSランク冒険者は言った。

この山には、人間が挑んではならない怪物がいると。

飛竜種。

西方大陸における最強の生物。

その一体が棲まう山として、彼の地は竜の山と呼ばれている。

「霧の発生源が何なのか。人為的な犯行の線もあると考えて、冒険者ギルドはこの辺りで最も優秀な冒険者たちに声をかけた。特別チームが編成されてのクエスト。私もそれに誘われてここにいるんだけど」

「そんなチームに誘われたんだ。すごいね、ニーナ」

「他の人はみんなAランク以上でちょっと肩身が狭いけどね」

ニーナは照れくさそうに微笑んでから言う。

「でも探索の結果、見つかったのは大型の魔物が食い散らかされた跡だった。本来もっと上の階層にいるはずの魔物の死骸が第一層で何体も見つかったの。死体を検証して、私たちは捕食者を推測した。深く食い込んだ巨大な爪の跡と、骨を砕くまで数十回にわたり繰り返しつけられた牙の痕跡。捕食者はさらに大きな体軀を持ち、狂化状態にあると私たちは結論づけた」

「まさか――」

「狂化状態の飛竜種が第一層まで降りてきてる。私たちはそう考えてる」

絶句せずにはいられなかった。

狂化状態の魔物は見境なく周囲のすべてを攻撃する。

飛竜種は状態異常に強い耐性を持っているから、狂化状態になんて普通はならないはずなんだけど。

でも、現実としてなってしまっているとしたら――

町や都市どころか、西部地域そのものが消し飛ぶような事態にさえなりかねない。

「避難勧告は出さなくていいの？」

「今、出してもらう方向で動いてる。周辺の私設騎士団や自警団にも協力をお願いして、集まってもらってるところ」

「王宮魔術師団にも声かけてみるよ。ちょうど今日、西部での遠征に向け出発してるはずだから。同行してる王立騎士団も駆けつけてくれると思う」

「そんなことができるの……!?」

ニーナは驚いた様子で瞳を揺らす。

「冒険者の要請で動いてもらえるような組織じゃないのに」

「遠征に出てる小隊のトップは私の親友だから。これだけの緊急事態だし、すぐに動いてくれると思う」

「ありがとう！　本当に助かる！」

前のめりになって言うニーナに、王宮魔術師をしててよかったな、と思う。

コップのお茶が波紋を作ったのはそのときだった。

大地がかすかに振動している。

外から、町の人たちの声が聞こえた。

窓の外を見る。

人々はひどくあわてた様子で東の方へ走っていく。

「あの、お金ここに置いておきますね！」

店主さんに言って、ニーナと外に出た。

近くにいた一人に声をかける。

「何かあったんですか」

「飛竜種が！　西の森に飛竜種が出たんだ！　君たちも早く逃げろ！　死んじまうぞ！」

ニーナと顔を見合わせる。

「王宮魔術師団に救援要請をしてくる。ニーナは？」

「西の森に行って、救援が来るまで時間を稼ぐ」

「危ないよ！　相手は飛竜種だよ！」

ニーナは立派に大人になっていて。

だけど私の中ではやっぱり昔の彼女が感覚的に残っている。

いつも私の後ろに隠れていたニーナ。

ドラゴンと戦うなんて危ないことができるとは思えなくて。

だけど、そこにいたのはもう私が知らない彼女だった。

「言ったでしょ？　こういうとき、みんなを守れる私になりたくて、私は冒険者をしてるって」

それから、にっこり笑って言った。

「究極最強魔法使いの一番弟子な私が、ドラゴンなんてやっつけちゃうから。任せて」

すごいな、と心の底から思った。

災害そのもののような怪物に対して、他の誰かを守るために一番危険な最前線に立つなんて。

本当に、尊敬せずにはいられない。

ニーナと別れて、冒険者ギルドの通信用魔道具で王宮魔術師団の遠征先に連絡する。

通信が繋がるまでしばし時間がかかった。

ルークはすぐに行くと言ってくれたけど、組織を動かすとなるとどうしても時間がかかってしまう。

救援が到着するまで、持ちこたえないといけない。

今、この町にはお母さんもいる。

確実に守り切るためにはどうすればいいか。
答えは簡単だった。
事態の元凶である飛竜種を止めればいい。
一番弟子がみんなを守るために戦うと言っているのだ。
師匠である私が行かないで誰が行くんだっての。
転がるように逃げる人の群れの中を、逆方向へ走る。
待ってて、ニーナ。
師匠だって負けてないんだってところを見せてあげるんだから。

◆　◆　◆

西部辺境の町。
魔道具師ギルド。
届いたのは一通の封筒だった。
封を破り、中の通知書にギルド長は目を走らせる。
書かれていたのは二つの事柄。
業務停止命令。

ギルド資格の剝奪。

「なんだ……なんなんだこれは……ッ！」

ギルド長は通知書を床に叩きつける。

舞う通知書を踏みつけると、蹴り上げ、追いかけてまた踏みつける。

「なぜこの私がこんな目に遭わなければならない……ッ！」

何度も蹴り上げ続ける。

それから、ひざをついて、散らばる通知書の中でうずくまった。

小さく丸まり、首の後ろをおさえる。

獣のようにうなり声をあげる。

まるで土下座しているかのような姿勢でうずくまっていたギルド長の姿に、入ってきた副ギルド長は驚愕する。

「な、何をされているのですか？」

「…………」

ギルド長は何も答えなかった。

沈黙と空白。

副ギルド長は困惑した様子で辺りを見回してから、一礼して部屋を出て行く。

静かになった部屋の中でギルド長はずっとうずくまっていた。

声にならない怒りと悔しさが胸の中を張り裂けんばかりにいっぱいにする。

誰もがうらやむ立場になれるはずだった。

成功者になっていたはずなのに。

「うう、うううううううううう」

許せない。

許容できない。

こんなこと、あっていいはずがない。

そのとき、不意に聞こえてきたのは、ひどくあわてた足音だった。

「大変です！　西の森で飛竜種が出たそうで——！」

駆け込んで来た副ギルド長。

「飛竜種……!?」

その言葉は、飽和した怒りの中で狂いそうだったギルド長を冷静にするだけの力を持っていた。

飛竜種。

西方大陸における最強の生物。

空を覆う翼と山のように巨大な体軀を持ち、その咆哮《ほうこう》は都市を更地に変えると言われている。

辺境の町なんて一息で破壊し尽くしてしまう怪物。

財布と少しの貴重品を抱え、あわてて外に出る。

町は大混乱だった。

逃げ惑う人々。

どこかから転がってきた果実が、踏みつけられて潰れる。

人の群れの中を走るギルド長が、不意に見つけたのは一人の少女だった。

いや、彼女が少女と呼ばれるような年齢でないことをギルド長は知っている。

――ノエル・スプリングフィールド。

東に逃げる人の群れに逆らって西へ走るその姿にギルド長は見入った。

膨大な量の仕事をこなして現場を支え、製作した魔道具で王国貴族社会の頂点に立つ一人、オズワルド大公殿下をも認めさせた怪物魔道具師。

なのに自らの価値をまったく理解しておらず、最後までギルドの仕事にしがみつこうと必死だった世間知らずの小娘。

湧き上がる笑みを抑えられなかった。

愚かな小娘のことだ。

どうせ別の誰かに騙され、都合良く使われているに違いない。

あんな子供のような女に魔道具師としての才能があるなど、誰も気づくはずがないのだから。

あの女がいれば、
また成功者に返り咲ける。

「何をしているんです！　いったいどこへ――」

「あの小娘がいた！」

ギルド長は夢中で走る。

小さな魔道具師の背中を追う。

◇　◇　◇

飛竜種が現れる四十八時間前、
濃霧が異常発生した竜の山の探索クエスト。

西部地域最強の冒険者であるレイヴン・アルバーンは招集された面々を見て感嘆の息を漏らした。

(よくもまあ、これだけの面々を揃えたものだ)

そこに集ったのは周辺地域において傑出した凄腕の冒険者たち。

自身を含め、Sランクのライセンスを持つ者も三名参加している。

しかし、豊富な戦力を確認してなお、レイヴンは気を抜かない。

目の前の状況にそれだけの危険性があることに、彼は誰よりも早く気づいていた。

(もし飛竜種が山を降りるようなことがあれば……)

どれだけの被害が出るか、想像もつかない。

（杞憂《きゆう》であることを祈るばかりだが）

西の森を進み、国境を越える。

魔物が生息する未開拓地。

濃霧に覆われた竜の山を探索する。

（これは……）

見つかったのは、想像していたよりさらにひどい状況を示唆する兆候だった。

脅威度4の災害指定を受けている大型の魔物たちが一方的に蹂躙され、食い散らかされた痕跡。

「私、魔法医師の資格を持っています。死骸の検視をさせてもらえませんか？」

参加していたBランク冒険者、ニーナ・ロレンスが注意深く死骸を検証する。

魔法医師として働きながら、冒険者としても優れた実績を上げている彼女は、周囲の冒険者たちからも一目置かれる存在だった。

彼女がBランクでありながら招集された唯一の冒険者なのはそうした評価に起因する。

検証の結果わかったのは、捕食者が大型の魔物を片腕で押さえつける強靭な体軀と、一噛みで分厚い皮膚を裂く牙を持っているということ。

飛竜種。

竜の山の主が第一層まで降りてきている。

さらに状況は、想定していた最悪の上を行っていた。

「骨を砕くまで何度も噛み、対象の死後も攻撃を加えた痕跡があります。通常の魔物はこんなことはしない。これは狂化状態の魔物特有のものです」

狂化状態の魔物は、強烈な破壊衝動に囚われ、周囲の生物を敵味方関係なく攻撃する。

恐怖の感情が無い分、通常の魔物でさえ、狂化状態となると相応の警戒が必要なのだ。

狂化状態の飛竜種が暴れたとなれば、未曾有の大災害にさえなりかねない。

(これが俺の最後の戦いかもしれないな)

レイヴンは妻と娘に遺書を書いた。

町で一番高い料理を食べ、髪を切り、伸ばしていた髭を剃った。

恐怖はない。

冒険者になった時点で、終わりの時が来る覚悟はできている。

目の前には最強の生物種。

倒せば、竜殺し《ドラゴンスレイヤー》の英雄として歴史に名が残る。

冒険者として、これほど心が躍る状況はない。

万全の状態で戦えるよう準備していたレイヴンは、西の森に竜が現れたという報告にもまったく動じなかった。

(来い。俺が相手してやる)

走る。

森の奥から響く地鳴りと咆哮。
空を覆う漆黒の翼。
鮮やかな真紅の瞳。
人間が戦える相手とは思えない幻想的で強大な体軀。
(これが飛竜種……)
その姿に思わずレイヴンは見とれた。
なんと雄々しく、美しい生き物だろう。
(相手にとって不足無し)
剣を構え、目にも留まらぬ速さで踏み込むレイヴン。
交差する攻撃。
臆さず巨竜に向かう彼の姿は、他の冒険者たちを勇気づけた。
後を追って続々と加勢する仲間たち。
二十を越える一線級の冒険者たちの連係攻撃。
戦況は互角以上。
勝てるかもしれない。
そんな希望が胸に灯ったそのときだった。
血走った真紅の瞳がレイヴンを捉えた。

「――――ッ！」
音すら置き去りにする一閃。
何が起きたのかわからなかった。
気がつくと、地面に転がっている。
ざらざらとした土の味。
起き上がらないといけないのに身体が動かない。
既に戦闘を続行できる体力が失われていることを確認してレイヴンは絶句する。
油断していたわけじゃない。
そこにあったのは生物としての単純な力の差。
腕が届く間合いに居続けてはいけなかった。
しかし、そう気づいたときにはすべて終わってしまっている。
災害そのもののような力による蹂躙。
次々と倒れていく仲間たち。
それはもはや戦いとは呼べないほどに一方的だった。
（ここまで違うのか……）
巨竜が大地を踏みならし、天へ咆哮する。
地を裂く巨大な爪。

広がる翼。

開かれた顎門の奥から漏れる光。

そこに圧縮された信じられない量の魔素にレイヴンは言葉を失った。

（――竜の咆哮《ブレス》）

伝承に残る、飛竜種が放つ光の線。

体内にため込んだ膨大な量の魔素をエネルギーに変換し放たれる光は、山脈を跡形もなく消し飛ばし、都市を灰燼《かいじん》に変えたと言われている。

さすがに大げさだと思っていたその伝承が、真実だったのだと気づいたのは手遅れになってからのことだった。

周囲の空間が歪んで見えるほどに圧縮された、人智を超えた魔素濃度。

自分も、仲間も、森も、町も。

すべてが一瞬に無に帰してしまうのを悟って、最後に頭をよぎったのは残していくことになる妻と娘だった。

（……すまない）

竜の咆哮《ブレス》が放たれる。

その刹那――

何が起きたのかレイヴンはわからなかった。
《烈風砲《ウインドブラスト》》
爆発。
圧縮された空気がすべてを吹き飛ばす。
その異常な魔力量に、レイヴンは身震いする。
自身が知る魔法とは次元が違う。
飛竜種のそれにまったく劣っていない、空間が歪んで見えるほどの魔力量。
炸裂した空気の爆発が、巨竜の首を撥ね上げる。
瞬間、放たれたのは一筋の光。
《竜の咆哮《ブレス》》が空を裂く。
強震する大地。眩く瞼の裏を染める光の洪水。
熱の衝撃波が木々をなぎ倒し、遠く離れたレイヴンの肌を焼く。
放たれた咆哮は一面を覆う雲を真円の青空に変えた。
太陽の光が降ってくる。
光の柱が森をすっぽりと包む。
目の前に降り立ったのは小柄な少女だった。

子供のような少女は、自分たちを庇うように目の前に立つ。

(今のは、この子がやったのか……？)

目の前の事象が信じられない。

誰もが言葉を失う中、小さなつぶやきがどこかから聞こえた。

「久しぶり。私のヒーロー」

◇　◇　◇

森に現れた漆黒の巨竜。

放たれた空を裂く咆哮《ブレス》に私は顔が引き攣《つ》るのを感じる。

西方大陸最強の生物種とは聞いていたけど、ここまでとんでもない相手なんて。

それでも、逃げるなんて考えはまったく頭になかった。

戦闘不能になって地面に崩れ落ちたニーナの姿に、私は昔の自分を思いだす。

ニーナと一緒にこの森を駆け回っていたあの頃。

友達を泣かせる悪いやつは、ぶっ飛ばしてやるって決めてたんだ。

加減なんてしている余裕はない。

魔法陣が幾重にも展開する。

風の大砲を連続で放つ。

不意を打っての攻撃。

それでも、巨竜の力は私の上を行っていた。

口から連続して放たれる咆哮《ブレス》。

先の一撃で相当量の魔素を失っているにもかかわらず、しかしその威力は私の最大火力を凌駕している。

単純な力比べでは勝てない。

だったら、精度と手数勝負。

攻撃を一点に集中し、なんとか巨竜の猛攻を食い止める。

多分、以前の私にはできなかっただろう。

力任せに全力で魔法を放ち、細かいことは考えないのが私のスタイルで。

だけど、今のこれは違う。

ルークが見せてくれた閃光。

その異能の域まで到達した精度に魅せられて、追いつきたくて。

たくさん練習したその成果。

精度ではルークにまだまだ全然届かないけど、その分は得意分野の火力と手数でカバーする。

あいつは飛竜種と戦ったことあるのかな。

ないよね。
王国でこれ以前に飛竜種が出たのは、もう何十年も前のことだったはず。
だったら、飛竜種と戦ったのは私の方が先。
つまり、ここでこの巨竜を食い止めれば私の初勝利が記録される。
ずっと先に行っていた親友に追いつくために。
対等に競い合える私になるために。
最強の生物種だろうがなんだろうが、そんなのは関係ない。
絶対に止めてみせる。
決意を胸に放つ魔法は、やっぱり少しあいつの魔法に似ていた。

◇　◇　◇

目の前に立ち、漆黒の巨竜を迎え撃つその姿。
そこにニーナ・ロレンスが見ていたのは昔見たなつかしい面影だった。
『出て行けよ、よそ者！』
引っ越して来た田舎町。
人見知りなニーナはうまく馴染むことができなくて、

近所の子たちにいじめられていることも誰にも言えなかった。
『お外で友達と遊んでたら転んじゃって』
すりむいた傷と服の汚れをそう笑ってごまかすたび、心が擦り切れていく。
『どうして私はこんなにダメなのかな？』
唯一のお友達に相談する。
四歳の誕生日からずっと一緒にいるくまちゃんは、糸の口を閉じたまま答えてくれた。
『大丈夫！　ニーナはダメじゃないわ！　きっと明日は良いことあるって！』
少しだけ救われて。
だけど、どこかで自分がおかしいことにも気づいている。
ぬいぐるみが唯一の友達なんて、ダメで変な子に違いなくて。
人間の友達がほしい。
本物の友達がほしい。
だけど、ニーナには話しかける勇気がなくて。
だからずっと願いは叶わないままだった。
『おい、こいつなんか高そうなぬいぐるみ持ってるぜ』
『それちょっと貸してくれよ。百年くらい』
世界は思っていたよりも残酷で。

唯一の友達も失いそうになったのはそんなある日のこと。

『返してっ。返してよっ』

がんばって声を出して。

返ってきたのは笑い声。

『変な声。なにこいつ』

『そんなに嫌なら取り返してみろよ』

『金持ち女が調子に乗ってるから、俺たちは正当な罰を与えてやってるんだ』

病弱だったニーナに抵抗する力はなかった。

無力な自分が悔しくて仕方ない。

大好きで大切なお友達が地面に叩きつけられて弾む。

まん丸い頭を踏みつけようと、大柄な男の子が足を振り下ろす。

やめて――

悲鳴のように叫んだそのときだった。

『くらえ！　ウルトラスーパーファイナルマジックパンチ！』

跳び込んできたのは、軽やかな身のこなしの女の子。

小柄なその子は、自分より大きな男の子をぶっ飛ばして言った。

『究極最強魔法使いノエル参上！　この子をいじめたいなら、私を倒してからにすることね！』

大柄で年上の男の子三人に囲まれているのに、小さなその子は全然怖がらなくて。

『くそっ！　おぼえてろーっ！』

『ふふん！　正義は勝つ！』

追い払って自慢げに笑ってから、くまちゃんをニーナに差しだして言った。

『また何かあったら言ってね。意地悪するやつは、私がぶっ飛ばしてやるから』

その言葉に、ニーナがどれだけ救われたか。

病弱で大人しい性格のニーナには、元気でエネルギーに満ちたその姿がまぶしくて仕方なくて。

ニーナは自然とその子の後を追うようになった。

木登りを教えてくれたり、パンチの打ち方を教えてくれたり。

厳格なお父さんとお母さんもその子にはいつも振り回されっぱなしで。

毎日が楽しくて仕方なかった。

すべてが色づいていて、キラキラしてて。

世界ってこんなに綺麗だったんだってびっくりするくらいで。

だけど、そんな日々にも終わりが来る。

『嫌！　私残る！　行きたくない！』

『わがまま言わない。もう決まったことなの』

隣国――クラレス教国への引っ越し。

お別れの言葉を伝えることもできなかった。

(また会いたいな……ううん、会える私になるんだ)

ニーナは記憶の中のその子を追いかけ続けた。

男の子相手に喧嘩したりはできないけど、少しでも近づきたかった憧れの存在。

だから今、現実としてそこにいる彼女に、ニーナは心を揺さぶられずにはいられない。

その背中は、あの日憧れたそれとまったく同じで。

『ありがと、ニーナ！　魔法の本が読めるなんて夢みたい！』

曾祖父の魔導書を夢中で読んでいた友達は今、立派に一流の魔法使いとして戦っている。

(がんばれ……がんばれノエル……！)

瞳に映るその姿を、祈るような気持ちで見つめている。

◇　◇　◇

「うそ、だろ……」

そう漏らしたのは誰だったか。

西部地域最強と称される冒険者――レイヴン・アルバーンにとっても目の前のそれは信じられない光景だった。

漆黒の巨竜が放つ咆哮《ブレス》。

横殴りの雨のように連続で放たれるそれは、一発一発が即死級。

空を裂いた熱線で相当量の魔素を消費しているとはいえ、その破壊力は人智を超えた大災害の域まで到達している。

対して、目の前の少女は真っ向から迎え撃った。

すさまじい速度で幾重にも展開する魔法陣。

自身の固有時間を加速させての、《多重詠唱《マルチキャスト》》

衝突する暴風と咆哮。


世界が振動した。


鼓膜を殴りつける轟音。

大地は衝撃に耐えられずひび割れ、土煙は一瞬で彼方へ消し飛んでいく。

そこにあったのは均衡だった。

少女は、巨竜の咆哮《ブレス》にたった一人で抵抗し、互角に渡り合っている。

あまりに衝撃的な光景。

レイヴンは呼吸の仕方を忘れた。

空間が歪んで見えるほどの魔力量。
同時に七つの魔法を制御する魔法制御力。
そして、目で追うことさえ叶わない術式展開速度がもたらす異次元の火力。
レイヴンが知る魔法職の冒険者とはまるで次元が違う。
（なんなんだ、これは……）
とても現実とは思えない。
口の中がからからに乾いている。
状況も立場も、すべて忘れて見入っていた。
自らの常識を跡形もなく破壊するような規格外の存在。
とんでもない何かが、目の前にいる。

◆　◆　◆

巨竜と戦う小柄な魔法使いの姿を、二人の男が呆然と見つめている。
業務停止命令を受けた魔道具師ギルドのギルド長と副ギルド長。
解雇した下っ端魔道具師。
その後を追った森の中でのことだった。

空を貫き、雲を真円に裂いた咆哮《ブレス》。

人間が戦える相手とはとても思えない、人智を超えた力を持つ怪物。

対して、その魔法使いは一歩も退かずに均衡を保っているように見えた。

目にも留まらぬ速さで幾重にも展開する魔法陣。

竜の咆哮《ブレス》を真っ向から相殺する暴風の魔法。

自身が役立たずと解雇した下っ端魔道具師は今、巨竜と戦っている。

衝撃波が、遠く離れた二人の髪を後方へさらっていく。

二人はただ、口をぽかんと開けて立ち尽くしている。

◇　◇　◇

一瞬でも気を抜けば、即戦闘不能な咆哮《ブレス》の雨。

なんとか攻撃を集中し、局地的な均衡を作って凌いでいた私だけど、次第に限界が近づいてくる。

身体を重たくする疲労と消耗。

何より、魔力量の限界が近づいている。

せめて、少しでも長く時間を稼がないと。

私は咆哮《ブレス》が冒険者さんたちに当たらない位置まで動いてから、攻撃を相殺するのをやめて、地面を蹴った。
加速した世界の中で咆哮《ブレス》を回避し、巨竜を挑発するように魔法を放つ。
走る先は町の反対方向。
強靱な体軀と翼を持つ巨竜は信じられないくらい速くて、
だけど単純な速さ比べなら私も負けない。
木々の合間をすり抜けるように走る。
巨竜はすべてを粉砕しながら追ってくる。
森の中で怪物を相手するのは二度目。
一度目のことを思いだした私は、ひとつの可能性に気づいてはっとした。
あのとき、ゴブリンエンペラーの軍勢には隠蔽魔法がかかっていた。
もしかしたら、この黒竜にもその類いの何かがかかっているかも。
《付与解除《ディスペル》》
木々を目くらましに放った魔法。
局所的にかけられた薄いヴェールがはがれる。
そこにあったのは巨竜の首につけられた首輪だった。
禍々しい光を放つそれはおそらく――特級遺物。
都市ひとつ、国ひとつさえ買えるような額で取引される規格外の迷宮遺物だ。

紫の光は巨竜の身体を支配するように包んでいる。

多分、対象を狂化状態にする力を持った遺物なのだろう。

無理矢理狂化状態にされ、暴れることしかできずにいるんだ。

つまり、あの首輪を破壊すれば巨竜から町を守ることができる。

だけど、できるだろうか。

体力も魔力もとっくに限界を超えている。

災害そのもののような飛竜種の懐に飛び込んで特級遺物の首輪を破壊するなんて、今の私にはとても——


違う。


必要なのは覚悟だ。

自信なんて持てないのは当たり前で。

不安になるのも怖くなるのも当然で。

だけど本当に大切なのは自分のすべてを出し切ること。


周囲を見回し、一番木々が密集したその中に跳び込む。

陰に隠れて、距離を詰める。

飛竜種も特級遺物も関係ない。
限界なんて勝手に決めるな。
ずっと先にいるあいつと、また対等に張り合える私になるためにも、
自分にできる最高のものをここに置いていく。
——それだけ。

この竜は——私がここで止める。

木々を粉々に吹き飛ばし突進してくる巨竜。
加速した時間の中、
飛散する破片を蹴って私は跳んだ。
白く染まる視界。
飛びそうになる意識をなんとかつなぎ止める。
首輪に向け、残る全ての力を振り絞って魔法式を起動する。

《烈風砲《ウインドブラスト》》
炸裂する風の大砲。
圧縮された空気が巨竜の首元を撥ね上げる。
視界が揺れたのはそのときだった。
世界が元の速さに戻っている。
魔力が完全に底をついたのだ。
反動で吹き飛ばされて地面を転がる。
ざらつく口の中。
ひんやりと湿った土の感触。
身体に力が入らない。
魔力が急激に失われたことによる、《魔力切れ》の症状。
戦いは決着した。
霞んだ視界の先で、大きな黒い何かが近づいてくる。
赤い瞳で私を睨む。
巨大な爪が振り上げられる。

届かなかった、か。


目を閉じる。

吹き抜ける木屑をまとった風。

永遠のように思える空白の時間が過ぎて、しかし巨竜の爪はそっと私の髪を撫でただけだった。


――助けられた。感謝する。小さき者。

声が降ってくる。

――この礼はいつか必ず。


羽ばたき。

大きな気配が遠ざかっていく。

よかった。

なんとか止めることができたみたい。

ほっと胸をなで下ろす。

あいつが来たら、思いきり自慢してやろう。

静かになった森の中。

やわらかい野草のベッドの上で目を閉じる。

真円の青空。

射し込んだ日差しが瞼の裏を赤く染めた。

疲れたから、少しだけお昼寝しよう。

心地よいまどろみに落ちていく。

「――――ノエル！　ノエルしっかり！」

意識が途切れる瞬間、聞いたことないくらいに狼狽《ろうばい》したあいつの声が聞こえた気がした。


目を覚ますと、そこには見覚えある天井が広がっていた。

何度かお世話になったことのある町の診療所。

どうやら、私は魔力切れで気を失ってここに運ばれてきたらしい。

少しして部屋の中に入ってきたお母さんは、私に駆けよってぎゅっと抱きしめてから言った。

「あんた、大仕事したらしいじゃない。立派になっちゃって」

あたたかい体温に顔を埋める。

なつかしい感触。

なんだか子供の頃に戻ったみたい。

「自慢の娘よ。今までもずっとそうだったけど、もっともっと」

耳の後ろから聞こえる声。

うれしくて、気恥ずかしくて、心地よくて。

しばらくの間そうしていた。

お母さんは私に向き直ってから、感心した様子で言った。

「にしても、あんたも意外とうまいことやってるのね。まさかあの方にあそこまで思われてるなんて」

「ん？　何の話？」

「お友達だっていうヴァルトシュタイン家のご子息のことよ。気を失ったあんたを血相変えて抱えてきて、ずっと付きっきりで看病して。母親の私もびっくりするくらいだったんだから。恐れ入ったわ。まさかあんたが恋愛上級者の愛されガールだったなんて」

いや、そんな謎の存在になったつもりはないんだけど。

あきれ顔の私に、お母さんは部屋の隅を指し示す。

サイドテーブルに突っ伏して寝ているその姿に、私は頬をゆるめることになった。

付きっきりで看病してくれたんだ。

大切に思ってくれてるのが伝わってきてうれしくなる。

「お母さんは邪魔が入らないよう全力で妨害しておくから、ここで一気に決めちゃいなさい！　押してダメなら押し倒せ！　恋は戦争よ！」

張り切って部屋の外に出て行くお母さんに、私は肩をすくめる。

だからそういうのではないんだって。

身体を起こして、眠るルークの顔を覗き込んだ。

綺麗な顔してんな、と改めて感心して見ていると、私の気配に気づいたのか閉じられた瞼が動いた。

「ん……」

吐息。

目が開く。

サファイアブルーの瞳が私を捉える。

「よっ」

声をかけるとルークは、驚いた様子で後ずさった。

「なにその反応」

「いや、近かったから」

「近かった？」

「なんでもない」

頬をかくルーク。

それから、はっとした様子で言う。

「目が覚めたんだ」

「うん。それより、聞いて！　私、飛竜種と戦ったんだよ。特級遺物のせいで暴れさせられてるんだって見抜いて、町を守ったの！」

私は声を弾ませて言う。

「ルークは飛竜種と戦ったことある？」

「ないけど」

「よし！　じゃあ、今回は私の勝ち！」

ぐっと拳を握る。

胸をあたたかくしてくれる達成感。

びしっと指をつきつけて宣言した。

「私だって負けてないんだから。これからは前みたいに、対等なライバル関係だからね。ルークが聖宝級《メイガス》を目指すなら私もそこを目指すよ。絶対置いて行かれてなんてやらない。覚悟しときなさいな！」

ルークは驚いたみたいに瞳を揺らして。

それから、くすりと笑って目を細めた。

「そんなこと言わなくても、とっくに認めてるってば」

「なにその余裕ある態度……あ！　まだ自分の方が勝ってるって思ってるんでしょ！　いいわ！

今度は絶対にぎゃふんと言わせてやるんだから！」

「うん。楽しみにしてる」

にっこり微笑んでそんなことを言うから、私はもっと怒ってルークに抗議して。

だけどやさしく受け止めてくれるその態度も、本当はそんなに嫌いじゃなくて。

むしろ心地よいくらいに思っているのは——照れくさいから、絶対に言ってやらない。

エピローグ　恩返し

元気になった私は、王宮魔術師団と冒険者ギルドの事情聴取を受けることになった。

覚えていることを正直に伝える。

全力で巨竜の咆哮《ブレス》を迎え撃ったこと。

注意を惹きながら木々の合間を走り、町から離れるよう誘導したこと。

《付与解除《ディスペル》》で隠蔽魔法を解除して、あやしい光を放つ首輪を破壊し、ドラゴンさんを元に戻してあげたこと。

待ち時間には、ニーナともたくさんお話しした。

別々の道を行っていた私たちだから、話したいことはたくさんあって、
時間はあっという間に過ぎていく。

「王都に来ることがあったら絶対連絡してね」

「うん。絶対する」

ニーナは微笑んでから言う。

「でも、悔しいなぁ。もう少し早く出会えてたらよかったのに」

「どうして？」

「ノエルと一緒に冒険がしたかったなって」

唇をとがらせるニーナ。

「実は一緒にパーティーを組めたらいいなって思ってたんだ。先越されちゃった」

「いいじゃん！　やろうよ！」

私は前のめりになってその手をつかむ。

「いいの？　王宮魔術師の仕事で忙しいんじゃない？」

「大丈夫！　うち、びっくりするくらいホワイトだから。有休も取れるし長期休暇もある。また予定教えて。私も冒険者のライセンス取っておくよ」

「ありがと。約束ね！」

胸の高鳴りをそのまま言葉にする私に、ニーナはにっこり笑った。

「うん、約束！」

笑いあう私たち。

不意に声をかけてきたのは、一緒に事情聴取を受けていた冒険者さんだった。

「すみません、ノエルさん。ひとつお願いがあるのですが」

なんだろう？

首をかしげる私に、冒険者さんは言う。

「うちの実家、魔法の教室をやってるんですけど、一度講演してくれませんか？」

「講演……？」

言葉の意味を理解するのに少し時間がかかった。

「いや、私はまだ駆け出しですしそんなことできるような立場じゃ――」

「巨竜を撃退した大魔法使い様が来たらみんな絶対に喜びます。お願いします」

真面目な顔で言う冒険者さん。

戸惑う私の後方から割り込んできたのは別の冒険者さんだった。

「ずるいぞお前！　抜け駆けしやがって！」

「そうだぞ！　俺だって声かけたいの我慢してたのに！」

「北部の伝染病問題でも活躍されたのよね？　私が勤めてる魔法薬師ギルドも一度見ていただけたらうれしいなって」

「バカ、俺が先だ！　うちの魔道具店を――」

押し合い、もみ合う冒険者さんたち。

からかわれてるのかな、と思ったけど、どうやらそういうわけでもない様子。

本気で私に講演やお手伝いを依頼してくれているみたいで、
目の前の光景が信じられなくて、呆然と立ち尽くす。

『お前のような出来損ないを雇っているこちらの身にもなってほしいよ』
初めて就職した魔道具師ギルドで全然通用しなくて、解雇されて。
『申し訳ありませんが、今回貴方の採用は見送りたいと思っています』
どこに行っても働かせてもらえなくて。
誰にも必要とされてないのかなって落ち込んでいたあの頃。
でも、今はこんなにたくさんの人が私を必要としてくれている。
あきらめなくてよかった。
続けててよかった。
生きていて、よかった。
にへら、と頬をゆるめる。
冒険者さんたちの楽しい小競り合いを、しあわせな気持ちで眺めていた。

◆　◆　◆

ギルド長と副ギルド長は、解雇した下っ端魔道具師が冒険者たちの輪の中にいるのを離れた場所から見ていた。

人間業とは思えない魔法の数々。

飛竜種を相手に対等に戦うその姿。

衝撃的な光景を、二人は今もうまく受け止められずにいた。

「まさか、あんな……」

隣で副ギルド長が呆然と言葉を漏らす。

「とんでもない実力の持ち主だった、なんて……」

ギルド長は言葉を返すこともできない。

とても現実とは思えなかった。

すべて夢だったと言われた方がずっと納得できるくらいだ。

膨大な量の仕事をこなしながら、現場の職人たちを補助魔法で支援する。

その上で、大公殿下をうならせるレベルの魔道具を作ることも、たしかにあれだけの実力がある
なら可能だろう。

王国魔法界でも間違いなく最高峰。

あまりに規格外すぎてその力を測ることさえ叶わない。

役立たず扱いしていた下っ端魔道具師が、あそこまで優秀な魔法使いだったなんて……。

呆然と立ち尽くす二人。

「声をかけてきましょうか？」

言った副ギルド長に、

「……無理だろう」

深く息を吐いてギルド長は言う。

「あれだけの腕を持っているんだ。今さらうちで働くとは思えない」

「本当に王宮魔術師として活躍しているみたいですしね……」

「あんな凄腕を役立たずと決めつけ、一方的に解雇してしまったなんて」

「追いだす前に気づいていれば……」

「成功は我が手にあるも同然だったのに……」

募る後悔。

その能力に気づき、利用できていれば、どんなものでも手にできていたことだろう。

どれだけ悔やんでも悔やみきれない。

摑めていたはずの成功は失われた。

輝かしい日々もすべて夢だったかのようだ。

二人は肩を落とし、去って行く。

◇　◇　◇

その日、アーデンフェルド王国に。

そして、近隣に位置する国々に激震が走った。

王国西部に、狂化状態の飛竜種が確認されたのだ。

西方大陸最強の生物種である飛竜種。

狂化状態のそれが現れたとなると、どれほどの被害が出るか想像もつかない。

近隣諸国は、即座に情報収集と警戒に動いた。

クラレス教国もそんな近隣国のひとつだった。

アーデンフェルド王国の南西に位置するこの国は、女神クラレスが遣わせたとされる聖女を中心とする宗教国家である。

絶大な力を持つ聖女は、奇跡とまで称えられる回復魔法で人々を癒やし、有事の際には最前線に立って様々な難局からこの国を救ってきた。

（また聖女様のお力を借りるしかないか……）

宰相を務めるメルクリウスは重い息を吐く。

動かしていた密偵が持ち帰った情報は、これから起きる凄惨な事態を示唆するものだった。

アーデンフェルド王国北部から爆発的な勢いで広がる伝染病。

霧の中から突如現れ、都市を飲み込むゴブリンエンペラー変異種の軍勢。

そして、西部地域を跡形もなく蹂躙する狂化状態の飛竜種。

そのすべてが、世界の裏側で蠢《うごめ》く国家間の策謀として、意図的に行われた事象だったことを示していたのだ。

（あの第一王子のことだ。手は打っているだろうが、しかしこれはあまりにも……）

どれだけ手を尽くしても、甚大な被害が出ることは避けられない。

ほんの少しでも手を誤れば、国そのものの崩壊さえありうるように見える。

（何か……何かできないか）

メルクリウスはアーデンフェルド王国を救う手立てを考える。

（いや、ダメだ。狂化状態の飛竜種が南に侵攻してこの国を襲う可能性もある。私の仕事はこの国を守ることだ）

しかし彼の優れた頭脳は、これが最悪の事態を想定すべき難局であることを理解していた。

優先すべきはあくまで自国の民の生活を守ること。

他国を慮《おもんぱか》っている余裕はない。

（すまない……）

顔をしかめるメルクリウス。

執務室に、密偵として送った部下が入ってきたのはそのときだった。

「申し上げます。アーデンフェルド王国における最新の情報が入りました」

「そうか……」

話を聞くのに覚悟が必要だった。

いったいどれだけ凄惨な状況になっているのだろう。

しかし、受け止めなければ前には進めない。

「彼の国はどうなっている？」

「北部で発生した伝染病は収束。ゴブリンエンペラー変異種も討伐された模様です。そして、狂化状態の飛竜種も撃退され竜の山に帰ったとのことで」

「…………………は？」

いったい何を言っているのか、まるで理解できなかった。

困惑するメルクリウスに、部下は続ける。

「アーデンフェルド王国は被害をほとんど出すことなく事態を収拾した模様です」

「ありえない。そんなことがあるわけが」

「私も信じられないのですが……しかし事実のようでして」

メルクリウスは情報を精査する。

部下の言うとおりだった。

アーデンフェルド王国は、たしかにほとんど被害を出さずに事態を収束している。

それも、王国最高戦力である聖宝級《メイガス》魔術師と剣聖を動かすことさえせずに。

（ミカエル・アーデンフェルドがやったのか？　いや、だとしてもこれはあまりにも被害が少なすぎる。狂化状態の飛竜種だぞ。それをほとんど被害を出さずに追い返すなんて……）

彼が知る世界の常識ではありえないはずの出来事。

(何かが、いる……)

自身の想定を遥かに超えた何かが、王国にいる。

メルクリウスは首筋に冷たいものが伝うのを感じている。

◇　◇　◇

西部地域で起きた飛竜種による騒ぎから数日。

王都に戻った私は、自分へのご褒美としてのんびりだらだらした一日を過ごしていた。

最近の私、結構がんばってたからね。

一生懸命働いた後は、ゆっくりお休みをするのも大切なこと。

「次はどれにしようかなー」

ベッドの上で大好きな魔法の本を堪能し、疲れたらお昼寝して、思う存分ごろごろする。

「あの方はあれのどこがいいのかしら……」

だらだらする私に、お母さんはあきれ顔で言っていたけど、そんなこと気にしてなんていられない。

ああ、ベッドの上最高！

なんてしあわせで満ち足りた休日！
寝転がりながらマドレーヌを食べて、シャーベットを食べて、カップケーキを食べて。
ごろごろしているうちに時間は過ぎる。
三度目のお昼寝から目覚めたのは、遠い彼方からドアベルの音が聞こえたからだった。
……ん？
あれ、お客さん？
まどろみの中から意識が戻ってくる。
間隔を置いて鳴り続けるドアベルの音。
どうやら、お母さんは出かけているらしい。
いったい誰だろう？
首をかしげつつ、玄関へ向かう。
窓から射す日差しは茜色に変わり始めていた。
「どちらさまですか？」
寝癖をおさえつつ、ドアを開ける。
そこにあったのは巨大な黒い山だった。
大きな何かが、空を覆っている。

──恩を返しに来たぞ。小さき者よ。

何かは、はるか頭上から私を見下ろして言った。

──なんでも言ってくれ。我が其方の願いを叶えよう。


思いだす。

あの日、黒い竜を操っていた特級遺物を破壊した後、

『──この礼はいつか必ず』

と言われたことを。

いや、お気持ちはありがたいし、義理堅いのはすごくいいことだと思うんだけど……、ドラゴンさんに訪ねてこられても困ってしまうと言いますか……。

「ええええええええええ────!?」

玄関前にいた山のように大きな黒竜に、何をどうしていいかわからなくて頭を抱える。

魔道具師ギルドを追放されて始まった新生活は、やっぱり私が想像もしていない方向へ進んでいっているみたいだった。


【2巻に続く】

特別書き下ろし1　あの頃、いけ好かない男子と（ノエル・スプリングフィールド　12歳）

だいっきらいなやつがいる。

絶対に負けたくないやつがいる。

「いい加減あきらめて分をわきまえろ、平民女」

「あんたこそ分をわきまえなよ。大貴族のおぼっちゃまとしてえらぶってたって、魔法の腕では私に勝てないんだから」

にらみ合う。

真夏のように暑い初夏の一日。夕暮れの日差しは、放課後の校舎を橙色に染めていた。

「誰が誰に勝てないって？　通算成績なら僕の方が上だ」

「先週のテストでは私の方が勝ったけど？」

「まぐれだろ。次は力の差を思い知らせてやる」

「こっちの台詞。負けてお母さんに泣きつく準備をしておくことね」

互いに『ふんっ！』とそっぽを向いて歩きだす。

そのくせ、なぜか歩いてる方向が一緒なのだから意味がわからない。

「なんでついてくんのよ！」

「こっちの台詞だ。僕はラーソン先生に魔法式構造学で聞きたいことがあるんだよ」

「は？　私もラーソン先生に聞きたいことあるんですけど。真似しないでよ」

「真似してんのはそっちだろうが。譲れよ、平民女の分際で邪魔をするな」

「絶対譲りませんー！　世の中甘くないってことを教えてやるわ、えらぶりおぼっちゃま！」

どちらが先にラーソン先生に声をかけるかの勝負。

肩を入れ合いながらの早歩きは、すぐに全力疾走になった。

しかし、足の速さでは野山を駆けまわっていた私の方が上。

温室育ちが私に勝とうなんて百年早いわ、はっはっは、と勝ち誇っていた私は曲がり角の先で寮長の先生に見つかった。

「おやおや、廊下を走るとはいけない子ですね」

咄嗟に逃げようとした私たちを、拘束魔法であっさり捕まえる寮長の先生。

「そんなに走りたいなら、走らせてあげましょう。私は優しいので」

にっこり笑って、私たちに言った。

「グラウンド、百周です」

最悪だった。

魔法式構造の気になるところを教えてもらえるはずだったのに、あいつのせいで大迷惑だ。

「どうしてくれるのよ。あんたのせいでこんなことに」

「は？　お前が走りだすからだろ、この考えなし」

「先に肩を入れたのはそっちじゃない！」

言い合いながらグラウンドを走る。

最近はいつもこんな感じ。

私は神童とか言われてちやほやされてる腹黒優等生のこいつが、とにかく嫌いで。

なのに、運命が嫌がらせしてるとしか思えないくらい、この性悪は私の視界に入ってくるんだ。

楽しみにしてた新入荷の魔導書を図書館に借りに行ったら、同じ一冊を同時につかんじゃって引っ張り合いになったり、

魔法薬作りの課題で一番良い素材を調達しようと植物園に行ったら、あいつも同じ薬草を採ろうとしてて、引っ張り合いになったり。

いつも私の邪魔ばかり。

顔も見たくないのに、なぜか私の行く先にこいつはいて、喧嘩になって。

ほんと、気に入らない貴族のいけ好かない男子！

その季節、私はあいつ——ルーク・ヴァルトシュタインのことが大嫌いだった。

「ほんと最悪だったよ……百周とか正気の沙汰と思えない」

地獄のような罰走を終えた後、私は夜の学生寮でルームメイトのリズにその日のことを愚痴っていた。

「その割には結構元気そうに見えるけど」

「体力には自信あるからね。その点、温室育ちのあいつはへろへろになってたよ。へへ、ざまあ」

「ほんと仲いいよね、あんたたち」

「はい？」

リズの言葉に、私は困惑する。

「いやいや、話聞いてた？　めちゃくちゃ仲悪いんだけど」

「お互い遠慮なく喧嘩してる感じがむしろ仲良さそうに見えるんだって」

「私たちの間にあるのは100パーセント混じりっけのない憎しみの感情だから」

「だとしても、外からは仲良さそうに見えてるってこと。少なくとも、あの爽やか完璧優等生があんなに感情を出すのはあんたといるときだけだし」

ものの見方が冷めてる氷結系女子のリズは、忠告するように私に言った。

「気をつけなさいよ、あんた。めんどくさい連中に目をつけられ始めてる」

「めんどくさい連中？」

「シャロン侯爵令嬢様とその取り巻き」

「えっ……誰？」

「まったく、あんたは……」

学院内の人間関係に疎い私に、ため息をつきつつリズは教えてくれた。

「シャロン・フィッツジェラルド。いつもルーク様ルーク様ってうるさいのいるでしょ。左右に取り巻き一人ずつ連れてる子」

「あー、あの金色巻き毛の」

綺麗でよく目立つ女の子だった。

いつも派手な服を着てるから、お金持ちの家の子なんだろうと思ってたけど、どうやら侯爵家の子らしい。

「あんたがルーク・ヴァルトシュタインと仲良くしてるのが気に入らないみたい。あの感じだと、何か嫌がらせとかしてくるかも。食べ物に下剤盛るとか陰険な話してたし」

「あー、それならもうされたかも」

「え？」

「なんか良い匂いのマドレーヌくれたんだよね。その場でありがたくいただいておかわりもしたんだけど」

「いやいや、大丈夫？　異状あるなら先生に言った方が」

「大丈夫大丈夫。私、胃腸強いんだ。おやつが買ってもらえなくて、その辺の草とかよく食べてたから」

少しくらい毒があっても、喉さえ通ればだいたい食べられるんだよな。

たしかに言われてみたら、巻き毛ちゃんはなんともなさそうな私を見て、『うそ、どうして……？』とかふるえる声で言ってたっけ。

「まったく。あんたってやつは」

リズはやれやれ、とため息をついて言った。

「とにかく、気をつけなさいよ。また何か仕掛けてくるかもしれないから」

リズの忠告は当たっていて、巻き毛ちゃんはそれから毎日のように私にお菓子をくれるようになった。

多分下剤か何かが入っているのだろう。

しかし、その辺の草によって鍛え抜かれた私の強靭な胃腸は、巻き毛ちゃんの嫌がらせ薬を完膚なきまでに粉砕。

結果、私は毎日おいしいお菓子をもらえる幸せな日々を送っていた。

「こんなにおいしいお菓子食べるの初めてだよ。いつもありがと」

とお礼を言うと、

「お礼なんて言われる筋合いありませんわ！　覚えてなさいな！」

ぷい、と背を向ける巻き毛ちゃん。

「明日もよろしくねー」

笑顔で手を振る私を、リズはあきれ顔で見つめていた。

実習で学院の敷地内にある迷宮を探索することになったのはそんなある日のことだった。

元々この土地にあった小さな迷宮を改修して作られた演習用迷宮は、魔素濃度が一定以上にならないよう調整されている。

弱い魔物しか出ないから安全度も高く、試験や実習でよく使われているらしい。

出された課題は、同じ班の仲間と協力して迷宮内の魔物を倒すこと。

一番難度の高い魔物を倒した班の生徒には、期末試験の成績に大きな加点がつくらしい。

必然、目の色を変えて臨んでいる生徒も多い。

私もそうだった。

この講義における期末試験一位は、実質ここで特別加点を得られるかにかかっている。

いけ好かないあいつをぎゃふんと言わせるために、絶対にここで一番強い魔物を倒さなければ!

「行くよ、リズ！　私たちが最強であることを証明してやるのだ！」

「はいはい」

気合い十分な私たち。

少し離れたところから、女子たちの声が聞こえてくる。

「ここで一位を取ってあの田舎娘より私の方が上だってことをルーク様にアピールするのですわ！」

「がんばりましょう、シャロン様！」

「シャロン様なら絶対にできますわ！」

巻き毛ちゃんと、取り巻きの二人も張り切っている様子。

そのとき、反対側から聞こえてきたのは男子たちの声だった。

「ルークと一緒でよかったよ。おかげで俺らが一位間違いなしだ」

「いやいや、僕一人の力には限界があるからさ。優秀な君たちが一緒で心強いよ」

「ルーク……！　お前やっぱ良いやつだな……！」

声を弾ませる男子たち。

その中心にいる爽やか優等生を冷たい目で見つめる。

みんな、だまされてますよー！

謙虚なふりしてるだけでそいつ、本音では「天才の僕とは相手にならないやつばかりだな、このクラス」とか思ってるんだから！

やはり、神童扱いされて調子に乗っているおごり高ぶりおぼっちゃまは、ボコボコにして人生の厳しさを教えてあげないといけない。

実習が始まって、いざ迷宮の中へ。

ブーツの足音が石造りの壁に反響する。

ひんやりと湿った風。空気に混じるかすかな土の匂い。

張り切って探索を始めた私だったけど、しかし待っていたのは思わぬ障害だった。

雑で適当な私は仕掛けられたトラップにことごとくひっかかって班のみんなにめちゃくちゃ迷惑をかけてしまったのだ。

「あたしが指示したところ以外踏んじゃダメって言ってるよね？」

「め、面目ない……」

一位を取るつもりだったのに、班のみんなの足を引っ張ることになってしまうなんて。

ひとまず、慣れるまで大人しくしておこう。

迷惑をかけないよう、みんなの後ろを歩いていたそのときだった。

「あれ？　地震……？」

かすかな揺れはすぐに大きくなった。

軋む迷宮の壁。

天井から降る小さな礫。

揺れで作動したトラップによって通路の石畳が崩落し始めたのはそのときだった。

響く悲鳴。

一番後ろにいた私は、咄嗟に魔法式を起動した。

《疾風《ウインディ》》

風魔法と一緒に地面を蹴り、前の三人を通路の奥へ突き飛ばす。

なんとか三人の体を安全なところまで押し込んで、しかしそこが私の限界だった。

伸ばした手は届かず深淵の中に落ちていく。

「ノエル――！」

頭上で反響する声。

しかし、予想外の事態に対し意外なくらいに私は冷静だった。

地元では複数の悪ガキたち相手に喧嘩することもよくあったから。

周りが見えなくなったら負けるということを、本能的に理解していたのかもしれない。

重要なのは落下の衝撃を相殺すること。

《烈風砲《ウインドブラスト》》

覚えたばかりの上級風魔法。

その反動で衝撃を殺し、なんとか怪我なく崩落した底に降り立った私は、上を見上げてため息をつく。

これ上るのはなかなか大変そう。

とにかく、上に行けるルートを探さないと。

探索を始めた私は、少し先で人間の気配を感じてほっとする。

よかった。

他にも落ちた人がいたみたい。

右も左もわからない迷宮の底で、仲間がいるのはすごく心強い。

「大丈夫ですか？　私も落ちちゃったんですけど一緒に上を――」

声をかけた私は、

「げっ」

頬をひきつらせて硬直する。

そいつのことを私は知っていた。

気に入らなくて、ぶっ飛ばしたくて、絶対に負けたくないと思っているだいっきらいな存在。

ルーク・ヴァルトシュタインがそこにいた。


「最悪だ。お前と一緒に行動しないといけないなんて」

「こっちの台詞よ！　こんな状況じゃなければ、誰があんたなんかと」

お互い顔をしかめつつ、間に五人分くらい距離を置いて崩落した迷宮の底を探索する。

一緒にいたくないのはお互い同じで。

だけど置かれている状況を考えると、二人でいた方がいいとわかってしまうくらいには、私たちは冷静だった。

「ねえ、ここ風の流れが変わってる」

私の言葉に、ルークは足を止めて言う。

「どの方角から吹き込んでる？」

「うーん。多分、あっちかな」

「行ってみよう。通路があるかもしれない」

並んで歩きだしてから、同時に飛び退いて距離を取った。

『ふんっ』とそっぽを向いて歩きだす。

ルークの言うとおり、吹き込む風の先には上へと続く通路があった。

へえ、やるじゃん、と少し感心する私に、にやりと笑ってルークは言った。

「よかったな、平民女。僕が一緒で」

最悪。

「あんたこそ、よかったわね。私のおかげで風の変化がわかって」

「は？　それくらい僕だけでも気づいてる」

「私だって風の先に通路があることくらい気づいてたから」

にらみ合いつつ、通路を先へ進む。

その奥にあった開けた空間に出たところで、不意に気づいた。

「ねえ、魔素の流れがちょっと変じゃない？」

「まずいな。魔素濃度を一定以下に抑える迷宮機構が壊れてる」

ルークは真剣な顔で奥の一点を見つめて言う。

「急ごう。ここは危険だ。本来出ないはずの高ランクの魔物が出る可能性がある」

早足で開けた道を進む。

幸い、吹き込む風の流れをつかめていたから、ほとんど迷うことなく私たちは上へ続く通路を見つけることができた。

危険地帯を抜けて一安心。

ほっと息を吐いたそのときだった。

響く悲鳴。

声の先にいたのは、巻き毛ちゃんとその取り巻き二人。

どうやら、彼女たちも先の地震で迷宮の下層に落ちてしまったのだろう。

問題は、その目の前にいる巨大な蛇の怪物だった。

——ブラック・サーペント。

脅威度4の災害指定を受けている大型の魔物。

村ひとつを壊滅させ、百人近い犠牲者を出した例もある化物。

「何してる！　走れ！　救援を呼びに行くぞ！」

ルークが通路の奥から鋭い声で言ったときも、私はまだ動けないでいた。

「でも、あの子たちが」

「ブラック・サーペントが獲物を消化するには時間がかかる。後から腹を裂けば助かる」

「牙には致死性の毒があるんだよ。もし噛まれたら」

「仕方ないだろ！　僕らになんとかできるような相手じゃない！」

言うとおりだと思った。

ムカつくけど、あいつは私より大人で、頭が良くて。

だけど、私は子供だから割り切れないんだ。

現実なんて知らない。

気づいたときには、地面を蹴っていた。

「あんたは救援を呼んできて！　私がそれまで時間を稼ぐ！」

放つのは全力の風魔法。

横薙ぎに放たれたそれに、大蛇の巨体が揺れる。

襲われていた三人の前に立って私は言った。

「逃げて！　向こうに通路があるから！」

だけど、三人は動けない。

恐怖で腰が抜けてしまっているのだろう。

動けるようになるまでここで耐えるしかないか……！

連続で風魔法を放つ私。

後ろから聞こえたのは、戸惑いの声だった。

「どうして……？　私、いっぱい意地悪したのに……」

意地悪？

ああ、下剤入りのお菓子とか渡されたことか。

「あんなにおいしいお菓子食べるの初めてだったんだ。おかげで最近はお昼休みがほんと楽しみで、毎日が今までよりもっと幸せで」

タダで高級なお菓子が食べられる。

お菓子なんて買ってもらえなくてその辺の草をおやつにしていた私にとって、それがどれだけありがたいことか。

「私は巻き毛ちゃんとこれからも一緒に学生生活を送りたいって思ってる。だから――」

なんとしてでも、守り切ってやる。

しかし、ブラック・サーペントは私が想像していた以上に強い魔物だった。

「うそ、そんな……」

ありったけの魔力を込めているのに、全然効いていない。

巨大な体軀と強固な鱗が実現する並外れて高い耐久力。

力の差は歴然。

かろうじて時間を稼ぐのが精一杯。

それにもすぐに限界が来る。押し込まれる。

閃く鋭い牙。

思わず息を止めた私のすぐ目の前で、炸裂したのは鮮やかな電撃のきらめきだった。

「手を貸してやる。合わせろ」

必死でブラック・サーペントを食い止める横顔。

助けてくれるなんて思ってなくてびっくりで。

だけどそれ以上に、心の中は負けたくないって気持ちでいっぱいだった。

「あんたが私に合わせなさいよ」

「なんでこの僕が平民女に合わせないといけない!」

「私だってあんたとなんか死んでも嫌よ!」

文句を言い合いながら、二人で魔法を放つ。

口では意地を張りながらも、多分お互いわかっていた。


力を合わせないと、この魔物は倒せない。

顔をしかめつつ、攻撃だけあいつに合わせてやる。

向こうも同じことを考えているのだろう。

連係攻撃は想像していたよりずっとうまくいって――

「ついてこい、平民女」

「あんたがついてきなさい、バカ貴族」

狙うのは、弱点である頭部の一点。

呼吸を合わせて放つ渾身の魔法。

炸裂する暴風と電撃。

迷宮が振動する。

大蛇の巨体が大きく揺らめく。

怪物は一度大きく体を持ち上げてから、地面に崩れ落ちて動かなくなった。

「一年生がブラック・サーペントを……」

通路の方から声が響く。

先生たちだった。

ちょうど助けに来てくれたところだったらしい。

驚くその姿にうれしくなって、
だけど、隣のあいつと目が合って顔をしかめる。

「よかったな、お前。僕のおかげで良い結果が出せて」

「あんたこそよかったわね。私が優秀で」

にらみ合う。

交差する視線。

「最悪だ」

「最悪よ」

苦々しく言って、同時に『ふんっ』とそっぽを向いた私たちだった。


ブラック・サーペントを倒したことで、私はこの実習における最も高い加点をもらえることになった。

良い結果が得られたことはうれしいけれど、大嫌いなやつが同じ点をもらっているので心の底からは喜べない。

「本当にありがとう。君たちは我が校の誇りだ」

窮地のクラスメイトを救ったことで、先生にたくさん褒めてもらえたのはうれしかったけどね。

それから、もうひとつ変わったことがある。

「ノエルさん。これ、よかったら」

「わー！　カップケーキ！　ありがと！」

実習の後、巻き毛ちゃんは薬の入っていないお菓子をくれるようになった。

「た、たまたま余ったからあげるだけですわ。あなたのために用意したわけではないのですのよ」

ぷい、とそっぽを向く巻き毛ちゃん。

左右の取り巻き二人が言う。

「そうです。シャロン様はたまたま二十個ほど余らせてしまっただけなのです」

「『あの子たくさん食べるから、明日はもっと多めに用意しないと』なんて言いながら準備したりはしてないですからね」

「材料の買い出しに行ったり、ルームメイトに聞き込みをして好みの味付けを調査したりは絶対にしてませんので」

「勘違いをしてはいけませんよ」

二人の言葉に、

「余計なこと言わないでくださいまし！」

顔を真っ赤にする巻き毛ちゃん。

どうやら、あの日のことをすごく感謝してくれてる様子。

おいしいお菓子に加えて、友達も増えてなんだかとっても幸せな今日この頃だ。

一方で、変わらないこともある。

「あきらめて負けを認めろ、平民女」

「そっちが認めなさいよ、バカ貴族」

だいっきらいなやつがいる。
絶対に負けたくないやつがいる。
そんな私たちの関係が変わるのは――もう少し先のお話。

特別書き下ろし2　名前のない気持ち（ルーク・ヴァルトシュタイン15歳）

大嫌いなやつがいる。

絶対に負けたくないやつがいる。

『誰が平民風情よ！　私はお母さんが女手ひとつで一生懸命働いてくれてこの学校に通えているの！　そのことを誇りに思っているし、公爵家だろうがなんだろうが知ったことじゃない！　あんたなんか百回でも千回でもボコボコにしてやるわ！』

そいつはヴァルトシュタイン家の神童として知られていた僕に挑んでくる身の程知らずで、そのくせ予想以上にやるものだから、彼女に勝つために僕は本来する必要のなかったところまで試験対策をすることになった。

本当に邪魔な平民女だ。

睡眠時間を削り、自分のすべてを魔法に注ぎ込んできた。

玩具なんて触れたことがないし、友達と遊んだことも一度もない。

この僕がこれだけの量を積み上げてるのに、それでも彼女は同じくらい膨大な量を積み上げて僕に勝とうとする。
粗野で適当で考えなしで、
音痴で服のセンスが致命的になくて、
時々その辺の雑草とか食べてる。
あきれるくらいに変でどうしようもないやつ。

なのに、最近僕はおかしい。


『私はそういうあんた、良いと思うよ。ライバルとして一緒に競い合うなら、ちゃんとがんばってる人の方がずっといい。私もやらなきゃって勇気をもらえるから』

夕暮れの日差しが射し込む教室で、

『つらいこともあるかもだけど、元気出せ。一緒にがんばろう、ルーク・ヴァルトシュタイン』

にっと目を細める彼女を見たそのときから。

気がつくと彼女のことを目で追っていて。

その声をいつも探していて。

意味不明な自分の行動に、何をしてるんだと我に返って愕然とする。

胸の中心を占める形のない気恥ずかしくて不思議な感情。

この気持ちの名前を、僕は知らない。

「ルークくん、それは恋だよ」

「違います」

学院の東棟にある研究室が並ぶ区画。

オースティン先生の言葉を、冷静に否定してため息を吐く。

物腰やわらかなお兄さんという感じのこの先生は、近頃の僕の姿に気になるところがあったようで、「何かあった？」と声をかけてくれたのだ。

自分の中にある名前のない感情。

その正体を見つける上で有力なヒントがもらえるかもしれないと考え、思い切って相談してみたのだけど……。

まさか、ここまで見当違いのことを言う人だとは。

「認めたくない気持ちもわかるよ。いいなぁ、初恋。甘酸っぱいなぁ」

「だから違いますから」

「大丈夫。男の子はみんな通る道だから。好きな子を想ってうっかり詩を書いたり、その子のためにコンサートをすることになったらって想定で曲のリストを作ったり、頭の中でその子の名字を自分のに変えて結婚したらこうなるんだとか妄想してるだろうけど大丈夫。君はおかしくない」

おかしくなるくらい「してません」

「えぇー、変わってるね。僕はやってたけどな」

「それは先生が特殊な人であるだけだと思います」

「いやいや、わかってないね、ルークくん。古の劇作家は書いているんだよ。おかしくなるくらいじゃないと本当の恋とは言えない、と」

「偉人の言葉で自分のおかしな生態を正当化しないでください」

ため息をつく。

不意に先生は言った。

「本当に好きだったよ。彼女がいれば他に何もいらなかった。今は何をしてるんだろう」

「うまくいかなかったんですか？」

「人生っていうのはなかなかままならないものなんだよ」

先生は窓の外を見て口元をゆるめた。

子供の頃に大切にしていた綺麗な石を、不意に見つけたみたいな笑みだった。

「君は後悔しないようにね」

その言葉が、やけに頭の中に残った。

先生と別れてから、放課後の学院を歩く。

近道だからと選んだ人気《ひとけ》のない裏庭。

靴の下で割れる落ち葉の感触と金木犀の香り。

彼女を見つけたのはまったくの偶然だった。

誰もいない裏庭で、彼女は黙々と魔法の練習をしていた。
僕らの学年ではとても手が届かない難しい魔法。
既に数時間続けているのだろう。
何度も何度も失敗して、
魔力も体力もほとんど残っていなくて、
それでも、あきらめず挑戦し続ける。
今の力ではできるわけないのに。
繰り返す。
ずっとずっと繰り返す。
そこにいたのは、身の程知らずで無鉄砲な女の子。

バカなやつだ、と思った。
どうかしてる、と思った。

かっこいいな、と思った。

「練習、しないと」

負けたくないあいつに勝つために。
僕は早足で自分の練習場所に向かう。

不思議な気持ちの正体はわからない。
まだ形にならないこの気持ち。

もしも言葉にできたなら、きっといつか伝えよう。

そんなどうかしてることを思っている。

あとがき

片思いしている人が好きです。

報われなくてそれでも思い続けている人を見るとつい応援してしまう。

自分もそういう期間が長かったからでしょう。

恋愛的な意味だけでなく、夢やなりたい自分に片思いしている人も葉月はすごく応援したい……！

「ブラまど」はそんな葉月の好きを込めた作品です。

あと、青春ものとかラブコメとか少年漫画も好きです。

大好き全部乗せな作品なのですね。

だから、正直なところ読者さんに届かない部分も多いだろうな、と思っていました。

『小説家になろう』の異世界恋愛ジャンルで、なんで全力魔法バトルをやっているのかと。

初恋こじらせ男子の片思い物語を描いているのかと。

評価はされないと思いながらも好きだから仕方ない、と投稿を続けました。

何故か受け入れられてしまいました。

わけがわかりません。

なんでこんなに人気が出ているのかわからないと葉月は編集さんとの打ち合わせで二万回くらい言ったと思います。

本当にわからないのです。

だからこそ、すごくうれしかった。

全力で好きを込めた作品を好きだと言ってもらえて、
作り手としてこんなにうれしいことが他にあるでしょうか。

この作品を見つけてくださったすべての方、そして今読んでくださっている貴方に心からの感謝を。

本当に、本当にありがとうございます。

願わくば、小説に片思いした先にできたこの作品が、少しでも貴方の生活に彩りを添えられるものになっていますように。


片思い系幼なじみを応援する会代表　葉月秋水

SQUARE ENIX WEB MAGAZINE
ガンガンONLINE
オンライン
毎日更新
GC ONLINE 毎月12日発売
不機嫌なモノノケ庵
ワザワキリ
月刊少女野崎くん
椿いづみ
スライム倒して300年、知らないうちにレベルMAXになってました
原作：森田季節（GAノベル／SBクリエイティブ刊）漫画：シバユウスケ
キャラクター原案：紅緒
性別「モナリザ」の君へ。
吉村旋
たとえばラストダンジョン前の村の少年が序盤の街で暮らすような物語
原作：サトウとシオ（GA文庫／SBクリエイティブ刊）作画：臥待始
キャラクター原案：和狸ナオ
私がモテないのはどう考えてもお前らが悪い！
谷川ニコ
魔法陣グルグル2
衛藤ヒロユキ
わたしの幸せな結婚
原作：顎木あくみ（富士見L文庫／KADOKAWA刊）漫画：高坂りと
キャラクター原案：月岡月穂
最強WEB雑誌！
https://www.ganganonline.com/
●伝説の竜装騎士は田舎で普通に暮らしたい ～SSSランク依頼の下請け辞めます!～ ●後宮の結び人
●落ちこぼれ国を出る ～実は世界で4人目の付与術師だった件について～ ●侍女なのに…聖剣を抜いてしまった！
●合コンに行ったら女がいなかった話 ●嘘憑き狐の巫女様は後宮で謎を占う 他
©Akumi Agitogi Licensed by KADOKAWA CORPORATION

マンガUP!
毎日更新
名作&新作100タイトル超×基本無料＝最強マンガアプリ!!
GC UP! 毎月7日発売
魔王学院の不適合者
～史上最強の魔王の始祖、転生して子孫たちの学校へ通う～
原作：秋 漫画：かやはるか
キャラクター原案：しずまよしのり
神達に拾われた男
原作：Roy 漫画：蘭々
キャラクター原案：りりんら
転生賢者の異世界ライフ
～第二の職業を得て、世界最強になりました～
原作：進行諸島（GAノベル／SBクリエイティブ刊） 漫画：彭傑（Friendly Land）
キャラクター原案：風花風花
失格紋の最強賢者
～世界最強の賢者が更に強くなるために転生しました～
原作：進行諸島（GAノベル／SBクリエイティブ刊） 漫画：肝匠&馮昊（Friendly Land）
キャラクター原案：風花風花
異世界賢者の転生無双
～ゲームの知識で異世界最強～
原作：進行諸島（GAノベル／SBクリエイティブ刊） 作画：三十三十
キャラクター原案：柴乃櫂人
ここは俺に任せて先に行けと言ってから10年がたったら伝説になっていた。
原作：えぞぎんぎつね（GAノベル／SBクリエイティブ刊）
作画：阿倍野ちゃこ
ネーム構成：天王寺きつね
キャラクター原案：DeeCHA
勇者パーティーを追放されたビーストテイマー、最強種の猫耳少女と出会う
原作：深山鈴 漫画：茂村モト
https://sqex.to/mup
※一部アプリ内課金あり
●「攻略本」を駆使する最強の魔法使い ～<命令させろ>とは言わせない俺流魔王討伐最善ルート～
●おっさん冒険者ケインの善行
●二度転生した少年はSランク冒険者として平穏に過ごす ～前世が賢者で英雄だったボクは来世では地味に生きる～
●最強タンクの迷宮攻略～体力9999のレアスキル持ちタンク、勇者パーティーを追放される～
●冒険者ライセンスを剥奪されたおっさんだけど、愛娘ができたのでのんびり人生を謳歌する
●落第賢者の学院無双 ～二度目の転生、Sランクチート魔術師冒険録～
他
©Roy ©Shinkoshoto/SB Creative Corp.
©Suzu Miyama ©Ezogingitune/SB Creative Corp.
©SHU 2021
Licensed by KADOKAWA CORPORATION

月刊ビッグガンガン
BG
毎月25日発売
BG COMICS ビッグガンガン 毎月25日発売
薬屋のひとりごと
原作：日向夏（ヒーロー文庫／主婦の友インフォス）
作画：ねこクラゲ 構成：七緒一綺
キャラクター原案：しのとうこ
シノハユ
原作：小林立
作画：五十嵐あぐり
父は英雄、母は精霊、娘の私は転生者。
原作：松浦（カドカワBOOKS）
作画：大堀ユタカ
キャラクター原案：keepout
ゴブリンスレイヤー
原作：蝸牛くも（GA文庫／SBクリエイティブ刊）
作画：黒瀬浩介
キャラクター原案：神奈月昇
怜-Toki-
原案：小林立
漫画：めきめき
ハイスコアガールDASH
押切蓮介
咲-Saki-阿知賀編 episode of side-A
原作：小林立
作画：五十嵐あぐり
BADON
オノ・ナツメ
●SHIORI EXPERIENCEジミなわたしとヘンなおじさん ●結婚指輪物語
●ヒノワが征く! ●史上最強の大魔王、村人Aに転生する
●やはり俺の青春ラブコメはまちがっている。—妄言録— ●千剣の魔術師と呼ばれた剣士 他

SQEXノベル

ブラック魔道具師ギルドを追放された私、王宮魔術師として拾われる
～ホワイトな宮廷で、幸せな新生活を始めます！～ Ⅰ

著者
葉月秋水

イラストレーター
necömi

2021年7月7日 初版発行

発行人
松浦克義

発行所
株式会社スクウェア・エニックス
〒160−8430
東京都新宿区新宿6−27−30 新宿イーストサイドスクエア
（お問い合わせ）スクウェア・エニックス サポートセンター
https://sqex.to/PUB

印刷所
図書印刷株式会社

担当編集
稲垣高広

装幀
村田慧太朗（VOLARE inc.）

ISBN978-4-7575-7366-6 C0093

Printed in Japan